RECLAMATA DAI VIKEN

PROGRAMMA SPOSE INTERSTELLARI, LIBRO 14

GRACE GOODWIN

Pubblicato da KSA Publishing Consultants Inc. 2019
——— www.gracegoodwin.com
Goodwin, Grace

Progettazione di copertina di KSA Publishers 2020
Immagini di Period Images; Deposit Photos: nazarov.dnepr, magann

ISCRIVITI ALLA NEWSLETTER

Iscriviti alla mia mailing list per essere il primo a sapere di nuove uscite, libri gratuiti, prezzi speciali e altri omaggi di autori.

http://ksapublishers.com/s/bw

1

V iolet Nichols, Centro elaborazione Spose Interstellari, Miami

DOVEVA ESSERE UN SOGNO. Ma sembrava così reale. Così dannatamente reale.

Ero bendata. Nuda. Sentivo i flebili gemiti di piacere di un uomo, mi inondavano facendomi bagnare e accaldare. Ma non avevo bisogno degli occhi per accorgermi delle forti mani che mi stringevano i fianchi, per sapere che ero seduta sulla faccia di un uomo che mi leccava la fica. Le cosce strette attorno alle sue orecchie, venivo leccata con un'abilità tale da farmi tremare. La sua lingua scivolava contro la mia fica e le mie cosce si contraevano e si rilassavano. Si portava il mio clitoride nella bocca, succhiandolo quanto bastava, e poi si fermava; solo per ricominciare, ancora e ancora. Raggiunse un punto estremamente sensibile e mi fece gemere. Aveva le mani grandi, le dita lunghe abbastanza per tenere le mie grandi labbra aperte e pronte ai suoi teneri assalti. Mi fece tremare, ancora e ancora, succhiandomi in modo esigente e massaggiandomi con gentilezza. Per essere uno così grosso, era veramente un tipo premuroso.

Ma questo non potevo dirglielo. Potevo solo emettere dei gemiti sensuali e implorarlo di continuare. Lui era sotto di me, ma c'era un altro uomo che mi spingeva il cazzo nella bocca. Un'asta lunga e spessa, dura e liscia come l'acciaio mi spingeva contro la lingua, e io la leccavo, sentivo le sue vene che pulsavano per tutta la lunghezza.

Quando lo tirò fuori e io gli passai la lingua attorno alla punta, fui finalmente in grado di prendere un respiro profondo, ma poi subito lui mi allargò di nuovo le labbra, spingendosi così a fondo da finirmi in gola. Ruggì compiaciuto. Il suo pugno stretto nei miei capelli era l'unico segnale di cui avevo bisogno. Gli stavo dando piacere. Gli avevo poggiato una mano sull'addome, sugli addominali duri come l'acciaio. Vi passai sopra la punta delle dita, lo esplorai, lo toccai come se lui mi appartenesse, come se lui fosse *mio*. Quando si fermò e si ritrasse cercando di lottare per avere il controllo, non glielo permisi, mi spinsi in avanti e lo ingoiai come se solo io potessi dargli piacere. Gli afferrai con gentilezza le palle e me lo avvicinai ignorando il suo ruggito. Era tutto mio, e non gli avrei dato l'opportunità di scappare, e sapevo che non voleva andare da nessuna parte, solamente più a fondo.

E quello non era tutto. Non c'erano solo loro. Questo sogno? C'era dell'altro.

No, c'era *qualcun* altro. Il terzo uomo mi stava

toccando. Ero circondata, eppure mi sentivo completamente al sicuro. No, più che al sicuro. Bisognosa. Disperata. Come se fossi sul punto di infrangermi in un milione di pezzettini – e io *volevo* infrangermi – e sapevo che loro mi avrebbero salvata. Tre uomini, ed erano tutti miei. Uno sotto di me che mi leccava la fica, uno che mi scopava la bocca, e un terzo – avevo il suo cazzo nella mano, massaggiandolo dalla punta in giù, sentendo la pre-eiaculazione che colava bagnandomi il pollice.

Non avevo mai stretto un cazzo così lungo, così grosso; non riuscivo nemmeno a chiuderlo nel pugno. Lui non si limitava a starsene in ginocchio vicino a me per farsi fare una sega. No, mi metteva anche le mani addosso. Mi stringeva il seno nella sua mano enorme, mi tirava e mi pizzicava il capezzolo. Gli altri mi dedicavano le loro attenzioni; ma lui era molto più esigente. Mi pizzicava un po' più forte di quanto mi aspettassi, tirandomi il capezzolo fino a quando non mi faceva male. E questo non faceva che aumentare le mie sensazioni. Le migliorava. Ero sull'orlo del piacere, a un passo dall'orgasmo. Dio, c'ero quasi.

Poi lui abbassò l'altra mano e mi afferrò il sedere disegnando dei cerchietti sulla mio buchetto più sensibile. Lo choc di quella carezza mi fece scattare in avanti con un gemito, e crollai sulla bocca dell'uomo sotto di me con forza. Ne volevo di più. Avevo bisogno di qualcosa *dentro* di me. Avevo la fica vuota e dolorante. Li volevo tutti. Volevo che mi riempissero, che mi dessero il loro seme, la loro estasi.

Un pensiero strano, ma contro cui non lottai. In qualche modo, sapevo che il loro sperma era magico, che averlo sulla carne, assaporarlo sulla lingua mi avrebbe spinto verso un orgasmo tanto intenso che mi sarei dimenticata di respirare. E io lo volevo, volevo che mi dessero tutto e mi facessero sentire che ero loro, così come loro erano miei.

E quello mi fece bagnare la fica ancora di più, perché ero... giusto... a un passo. In qualche modo, l'uomo sotto di me lo capì e mi leccò e mi passò la lingua sulla fica, infilandola dentro, stuzzicandomi con qualcosa che non era *abbastanza*.

Non potevo parlare, ma potevo comunicare in altri modi. Strinsi con forza il cazzo del terzo uomo e intrappolai l'asta dura del secondo tra le labbra e i denti, senza fargli male, ma abbastanza forte da fargli capire che ero stufa di essere stuzzicata. Avevo bisogno di venire, ne avevo bisogno così disperatamente che mi sembrava che il cuore mi sarebbe scoppiato.

"La nostra compagna è esigente." Quelle parole erano cariche dello stesso desiderio che anche io sentivo, ma la sua voce era anche divertita. Se qualcuno mi avesse stretto il cazzo tra i suoi denti, non ero sicura che mi sarei messa a ridere.

"Forse dovremmo farle capire chi è che comanda." La mano che avevo sul culo scivolò un po' più giù e sentii il pollice del terzo uomo che mi penetrava. "E chi no." Mi sussurrò quelle parole all'orecchio, il calore del suo respiro era così intenso da farmi gemere. Giocò col mio culo, mi stuzzicò, facendo dentro e fuori con il pollice, facendo sì che capissi che poteva fare ben altro.

Se avessi potuto, lo avrei implorato. Ma non potevo fare nulla. Ero completamente alla loro mercé, e ciò mi rendeva selvaggia, mi stordiva.

Diamine, *volevo* che facesse qualcosa di più. Volevo che mi scopasse lì, che mi riempisse col suo cazzo, mentre l'altro mi prendeva la fica e io conquistavo il terzo con la mia bocca. Sarebbe stato meraviglioso. Già lo sapevo. Me lo *ricordavo*...

Un momento. Cosa? Era impossibile. Questo era solo un sogno. Non ero mai stata con tre uomini. Non ci avevo mai nemmeno fantasticato su. Ma questo era il mio sogno e potevo fare tutto quello che volevo. O farmi chiunque volessi.

E, in un sogno, potevo amare tre uomini. Potevo essere sudata ed esigente. Potevo perdermi nel piacere, avere i capezzoli turgidi e sensibili, tanto sensibili che sarebbe bastato giocarci un po' per farmi venire. E farmi succhiare il clitoride...

Sì, quella era la cosa più eccitante al mondo. Mi avevano già leccato la fica, ma non avevo mai cavalcato la faccia di un uomo. Non avevo mai conosciuto qualcuno che... sapeva di cosa avevo bisogno. Che sapeva che avere un cazzo in bocca mi eccitava, mi faceva sentire remissiva e selvaggia e perversa. E non me ne vergognavo. Non c'era senso di colpa né giudizio, nessuna vecchia che si accigliava e mi rimproverava perché stavo godendo a questo modo. Come potevo non desiderare di trovarmi qui, quando non mi sentivo che adorata? Venerata? In preda al piacere?

"Vieni per noi. Vieni per me, e ti darò tutto quello che vuoi, amore mio. Ti scoperò nel culo." Premette il pollice ancora più a fondo, abbastanza da farmi inarcare la schiena, da farmi desiderare di averne di più, di farmi desiderare esattamente quello che mi aveva promesso. Lui. Grosso. Duro. Fino in fondo.

La mano che mi stringeva i capelli mi tirò indietro costringendomi a lasciar andare il cazzo che tenevo prigioniero nella bocca. L'uomo sotto di me mi succhiò il clitoride con forza, leccandolo ancora più velocemente. Ero circondata. Dominata. Alla loro mercé, alla mercé del loro piacere. Lo adoravo. L'orgasmo mi attraversò come un'esplosione. Urlai di piacere... finalmente, mi formicolarono le orecchie, i miei muscoli si contrassero e si rilassarono. Le pareti interne della mia fica si contrassero attorno... al nulla.

"Era di questo che avevi bisogno, compagna?" mi chiese una voce profonda. Era quella del secondo uomo, l'uomo che mi aveva spalmato la sua pre-eiaculazione sulla lingua. Il caldo formicolio di quel piccolo assaggio non aveva alcun senso, ma mi rotolai la lingua nella bocca e l'assaporai. Anche se questo era un sogno, non era completo. Non conoscevo i loro nomi, ma sapevo che erano grandi, robusti, e muscolosi. Sapevo, in qualche modo, che era miei. E quello mi bastava.

"No," dissi. Non riuscii a trattenere il sorriso di scherno che mi inarcò gli angoli della bocca. "Non basta. Ho bisogno dei miei compagni. Ho bisogno di avervi dentro di me." Oh, stavo giocando col fuoco, li stavo tentando, volevo fargli perdere il controllo. Normalmente, ciò mi avrebbe resa nervosa, ma questa ero io in un *sogno*, una ragazza che non si vergognava dei suoi desideri, dei suoi bisogni. Lei aveva i suoi bisogni, e loro li avrebbero soddisfatti. Quella certezza era già di per sé come una droga, mi riempiva di confidenza, di una sicurezza che non avevo mai provato in camera da letto. Mai.

"Ragazzina bisognosa. Non ti abbiamo ancora scopata," disse il secondo uomo. Una mano mi accarezzò la schiena. "Ne vuoi ancora? Vuoi che ti prendiamo? Che ti facciamo nostra per sempre?"

Quella possibilità mi fece contrarre la fica. Oh, sì, lo volevo eccome. "Sì." Sì, gridai nella mia testa, ma la me del sogno non sembrò sentirmi. Quella stronza avida si sarebbe presa esattamente quello che voleva.

"Spero che tu ti senta riposata. I tuoi uomini hanno bisogno di te, della tua fica. Della tua bocca. Di quei seni pesanti. Del tuo culo perfetto." La mano che mi stringeva il culo si spostò e mi penetrò di nuovo con il pollice. Sussultai. "Ogni centimetro del tuo corpo è nostro, o lo sarà prima che questa notte sia finita."

Oh mio Dio.

Avevo sentito parlare di certe donne che riuscivano a venire in sogno. Io di certo non ero una di loro. E dal momento che questo era un sogno, decisi che avrei avuto orgasmi multipli. Perché fermarsi a uno? Ero troppo eccitata, troppo avida per fermarmi ora.

"Lo voglio. Voglio tutto quello che potete darmi." Nessuno mi aveva mai scopato nel culo, prima d'ora, né ci aveva giocato, ma non avevo nessuna intenzione di dire di no a questi tre. Se qualcuno poteva riuscire a farmi sottomettere, erano loro.

"Va bene." Questo era il primo uomo, e ogni sua parola fu puntellata da un bacio sul mio clitoride, come se mi stesse semplicemente salutando. La sua voce era ancora più profonda, la cadenza più lenta, come se avesse tutto il tempo del mondo… o almeno tutta la notte, con lui che si trovava esattamente dove voleva essere. "Quell'orgasmo serviva solo a prepararti. A far sì che la tua fica diventasse bella morbida. Gonfia. Bagnata."

L'ultima parola era metà seduzione metà promessa, e

il mio corpo tremò in risposta. Ero appena venuta, ma il mio corpo era più che pronto a farmi implorare di nuovo. "Datemi quei cazzi," ringhiai. "Li voglio. Subito."

"Signorina Nichols."

No! No! Vattene. Una fastidiosa voce femminile interruppe il mio sogno. Provai ad alzare la mano per scacciarla, ma non ci riuscii. Ero bloccata. Come osava interrompere me e i miei tre uomini?

"Signorina Nichols," ripeté.

Spalancai gli occhi e vidi la stanza sterile, da ospedale all'interno del centro spose. Grigia. Piastrelle bianche. Grosse cinghie che nemmeno un guerriero alieno sarebbe riuscito a spezzare mi bloccavano i polsi a una strana sedia.

Io non volevo stare qui. Volevo stare *là*. Con i miei tre uomini. A sentirmi sexy e selvaggi e per la prima volta in vita mia completamente libera. Strizzai gli occhi per scacciare via la realtà.

Ma come tutto il resto fino ad ora, sembrava che dovessi fare i conti con la delusione. Non era stato nient'altro che un sogno. Un sogno inutile, privo di significato, che mi stuzzicava facendomi assaporare tutto quello che non avrei mai osato desiderare e che già sapevo non avrei mai avuto.

Trion. Era lì che stavo andando. Dovevo andare a far ragionare mia sorella che era già là. E siccome sapevo che gli uomini di Trion erano dei dominatori duri e puri, a cui *non* piaceva condividere, ormai ero giunta a patti con l'idea che, con ogni probabilità, nel giro di poche ore sarei stata trasportata su quel pianeta selvaggio per farmi legare e sculacciare dal mio nuovo compagno. Ma tre uomini? Di non sarebbe successo su Trion. Non importava quanto bello fosse stato. Era un sogno, e niente di più.

Dio. Ero zuppa di sudore. La fica ancora gonfia e pulsante dopo il primo orgasmo che mi avevano procurato. E, proprio come nel sogno, ero ancora eccitata. Bisognosa. Se avessi chiuso gli occhi, sulla schiena avrei potuto sentire ancora il tocco persistente della carezza del mio compagno. I miei capezzoli volevano essere stimolati. Mi facevano male i muscoli della mascella, dopo aver ingoiato tutto quel cazzo.

Eppure, era solo un'illusione. Un giochino mentale. Quegli uomini non erano qui con me. Qui con me c'era la Custode Egara. Non che lei non fosse attraente, ma non era il mio tipo. No. Con la N maiuscola.

Rassegnata all'inevitabile, sospirai e aprii gli occhi per trovarla che mi fissava con la pazienza di un cavolo di santo. Aveva lo stesso sguardo che hanno le infermiere, mentre aspettano che tu elabori la cattiva notizia che ti hanno appena riferito. *Vedi quell'ago gigante? Sì? Deve entrarti nella schiena. Ti sembrerà che qualcuno si frantumi la spina dorsale con un pugno. Mi spiace, dolcezza.*

La Custode Egara sollevò un sopracciglio. "È con me, signorina Nichols?"

"Scommetto che tutte le donne che si risvegliano dal test ti odiano quanto me in questo momento," le dissi. La detestavo.

Si sporse sopra di me, tutta uniforme stirata, capelli castani raccolti in uno chignon, espressione severa e occhi stranamente tristi, come se portasse il peso del mondo intero sulle spalle. E, supervisionando l'abbinamento di altre spose della Terra con razze sparse in tutto l'universo, forse era veramente così. Tuttavia, la mia affermazione l'aveva fatta sorridere. "Probabilmente."

"E non stavo parlando con tre uomini ben dotati, vero? Ma con te. Ti prego, dimmi che non ho detto niente di compromettente."

Sorrise. "Non ti preoccupare, ho sentito cose ben peggiori."

Ah! Non da me, no. Ero così imbarazzata che avrei voluto dissolvermi in un ammasso di gelatina e scivolare via. Mi sistemai sulla sedia il meglio che potei, considerando quanto dura e spietata fosse, e che avevo i polsi legati. "Quindi il mio test è stata del tutto normale? Quello era normale?"

Lei annuì e fece un passo indietro.

"Se era normale, allora perché mi hai svegliata? È una cosa cattiva. Una ragazza ha bisogno che certi sogni durino tutto il tempo necessario."

La custode annuì, mi capiva – eppure, lo stesso, mi aveva svegliata proprio sul più bello – e si sedette dietro alla sua scrivani. "Perché presto non sarà soltanto un sogno. Sarà la sua vita vera," mi disse. "Signorina Nichols, lei è stata abbinata. Una compatibilità del novantasette per cento. Piuttosto notevole."

Annuii. "È per questo che sono qui. Accetto l'abbinamento. Fammi partire. Sono pronta." Era tempo di lasciare questo pianeta e riunirmi con la mia gemella. Come aveva osato Mindy lasciarmi qui? Volevo mettermi a piangere e urlarle contro allo stesso tempo. Invece, sbattei le palpebre, riguadagnai il controllo delle mie emozioni e mi concentrai sulla custode. La fissai, ma non la vidi veramente. I miei pensieri erano per Mindy, per il messaggio che mi aveva inviato al cellulare:

.   .   .

JOSH MI HA SCARICATA, *lo stronzo. GIURO che sulla Terra non c'è nemmeno più un uomo decente. Non mi odiare, ma mi sono offerta come Sposa Interstellare volontaria. Mi hanno assegnata a Trion! Ti scrivo per non farti preoccupare. Debbo andare... farmi trasportare. "Teletrasportami, Scottie!" Sto per sposarmi con un alieno. Ah! Ti voglio bene, sorellina. Ti scrivo appena posso. Sono così eccitata. Ci vediamo, belli.*

AVEVO SENTITO di gente che veniva scaricata per sms, ma questo era peggio. Di gran lunga peggio. La mia sorellina – la mia gemella identica, più giovane di me di tre minuti – mi aveva inviato uno stupido *sms* per dirmi che stava lasciando questo cazzo di pianeta per andare a sposare un alieno. E aveva ottenuto Trion. Non mi aveva scritto se non dopo essersene andata di casa. No, anzi, me lo aveva scritto un attimo prima di lasciare questo *cazzo di pianeta*. Quando tutto era pronto. Io di Trion non ne sapevo niente, solo che gli uomini erano grossi, dominatori e piuttosto perversi.

A me andava più che bene. Perché dopo aver passato due mesi tormentandomi per cercare di prendere una decisione, ero anche io sul punto di partire. Dove andava Mindy, andavo io. Eravamo identiche, e non avevo nessun'altro al mondo – o nell'*universo*. Eravamo legatissime. Ma lei non era più qui sulla Terra. E io ero ancora furibonda.

Se solo mi avesse detto quello che aveva intenzione di fare, ci sarei andata *anche* io. Saremmo potute venire qui insieme, sottoporci ai test e farci inviare verso il nuovo pianeta insieme. Doppio matrimonio. I nostri fusti alieni avrebbero potuto stringersi la mano e accettare il fatto che dove andava l'una, andava anche l'altra. Due al prezzo di una. Sempre insieme.

Tranne che non era così. Lei se n'era andata senza di me.

Venire scaricata da un fidanzato era niente in confronto all'essere scaricata dalla sorella spericolata, impulsiva e irresponsabile che mi ritrovavo. Era compito mio badare a lei, accertarmi che restasse fuori dai guai. Io ero più vecchia solo di qualche minuto, ma la maggior parte dei giorni quei minuti sembravano anni.

E oggi mi sembrava di averne 20 più di lei.

Mindy mi aveva spezzato il cuore e persino ora dovevo sforzarmi per non scoppiare in lacrime. Era peggio della fine di qualsiasi relazione. Peggio di quando i nostri genitori ci avevano smollati a casa di nostro cugino per non fare più ritorno. Peggio della lettera di rifiuto che mi aveva inviato il mio college dei sogni. Peggio persino del fatto che Mindy si era rifiutata di iscriversi al college per diventare un'igienista dentale.

Io i denti li odiavo. E odiavo pure i dentisti. Io volevo fare l'architetto. Ma tra i miei voti per niente perfetti e il punteggio per niente straordinario che avevo ottenuto al test d'ingresso, non era che le grandi università si fossero messe in coda fuori dalla mia porta per gettarmi addosso delle borse di studio. Quando Mindy si era rifiutata anche soltanto di provare, avevo ceduto all'inevitabile e mi ero iscritta all'istituto tecnico. Ora mi occupavo del disegno tecnico per conto di un gruppo di cinquantenni dal ventre gonfio, che avevano spose sempre incazzate e figli adolescenti che ogni volta che si facevano vedere in ufficio mi trattavano come se fossi la loro schiavetta personale.

Quando Mindy mi aveva abbandonata, mi era sembrato di morire. Una parte di me stava morendo, soffrivo a tal punto da non riuscire quasi a pensare. L'altra metà era così arrabbiata che volevo riempirla di botte non appena l'avrei rivista su Trion. Volevo urlarle contro. Darle uno schiaffo in faccia ed esigere una spiegazione. Mi odiava fino a questo punto?

Chiunque fosse il mio nuovo sposo alieno, avrebbe dovuto accettare il fatto che, per me, ritrovare mia sorella era la priorità numero uno. Una volta che saputo che stava bene, e dopo averla ammazzata, *allora* sì che potevamo metterci nudi. Allora mi sarei permessa di vivere nel mondo dei sogni per qualche minuto e avrei lasciato che il mio nuovo bonazzo alieno mi procurasse degli orgasmi – si sperava – da far perdere la testa.

Non ero un tipo violento. Non lo ero mai stato. Non avevo mai preso a pugni nessuno, non avevo mai fatto a botte. Quella era la specialità di Mindy. Io ero quella tranquilla. Quella responsabile. Sempre sotto controllo. Sempre a prevedere le conseguenze. Lei ci ficcava nei guai, e ci tiravo fuori.

Ma temevo che non sarei riuscita a tirarla fuori da questo qui. Temevo di averla persa per sempre. Ero terrorizzata.

Non volevo stare da sola. Da sola per davvero. Non lo ero mai stata. E mia sorella aveva sempre avuto bisogno di me. Sempre. Ora? Ora mi sentivo alla deriva, e inutile. Mi sentivo perduta.

E, certo, mi aveva inviato il messaggio mentre ero in riunione, così che non potessi fermarla. E ora ero qui, a sottopormi ai test, otto settimane e due giorni dopo Mindy. Ed ero terrorizzata. Finalmente ero riuscita a prendere la decisione, ero salita in macchina e avevo guidato fino a qui. Era forse l'unica cosa veramente irresponsabile che avessi mai fatto in vita mia. Non avevo finito di pagare il mutuo, non avevo venduto la mia roba, non avevo nemmeno disdetto il piano tariffario del mio telefono.

Il mondo avrebbe avuto un sacco di tempo per scoprire dove fossi finita. Via di qui. Riunita con mia sorella.

Inoltre, se ci avessi pensato su troppo – o un po' di più di quanto non avessi già fatto – sarebbe sembrato troppo permanente, troppo spaventoso, e temevo che avrei perso il controllo.

Ora avevo accettato l'abbinamento, e presto sarei stata su Trion. Avrei potuto rintracciarla e darle il calcio in culo che si meritava. O ammazzarla con le mie mani – e poi l'avrei abbracciata per essere veramente sicura di averla ritrovata. I nostri genitori non ci avevano mai abbracciati, non si erano mai presi cura di noi. Era tutta la vita che ci prendevamo cura l'una dell'altra.

"Ottimo." La custode sembrava compiaciuta, mentre faceva svolazzare le dita sopra al tablet. Poi proseguì: "Non sempre le spose sono così ansiose di partire. Di solito, le pregiudicate non si offrono così volontariamente."

"Beh, io non sono una pregiudicata, ma di certo non vedo l'ora di andare. Anche mia sorella è stata abbinata."

Mi guardò per un istante. "Che bello." Il suo tono mi diceva che quell'informazione era completamente irrilevante. "Dobbiamo un attimo seguire la procedura standard, poi potrò cominciare a prepararla per il trasporto."

"Capito," risposi subito.

"Dica il suo nome per il verbale."

"Violet Nichols."

"È legalmente sposata."

Ah, già. "No."

"Figli?"

"Ci sono donne che abbandonano i figli?" chiesi senza rispondere alla domanda.

"Questo ne elimina la possibilità," rispose lei, sebbene probabilmente era successo qualcosa.

"No. Non ho figli."

"Accetta l'abbinamento di sua spontanea volontà?"

Annuii. "Sì, accetto. Dove devo firmare."

"Il consenso verbale è più che sufficiente, Violet. Tutto viene registrato e salvato. Grazie."

Non mi entusiasmava sapere che avevano registrato il mio sogno bollente, ma la custode aveva detto che io non ero la prima donna che si risvegliava dal sogno che era tutta un bollore. Per loro ero solo un'altra faccia. Un altro test, un altro trasporto. E presto sarei stata su Trion. La Terra e i suoi centri per i test sarebbero stati molto, molto lontani.

"Grande," dissi agitando i piedi nudi che mi penzolavano sulla sedia. Mi sentivo energizzata. Forse era stato l'orgasmo del sogno che mi aveva motivata a partire. Mi sarei ripresa mia sorella *e* avrei incontrato il mio nuovo sexy compagno alieno.

"Meraviglioso. Questa è l'ultima domanda." Fece un passo indietro e nel muro apparve una giuntura illuminata di blu. Una parte della parete scivolò via e la sedia si mosse di lato per entrare in una stanza attigua. Merda. Stavo andando su Trion. E ci stavo andando ora. Proprio ora.

Chiusi gli occhi e sentii qualcosa che mi pizzicava proprio dietro l'orecchio. Gridai, ma la voce della custode mi calmò. "Quella è sola la tua Unità Neuro-Procedurale, Violet. Così potrai parlare e capire la loro lingua. Va tutto bene."

Espirai, rilassai le spalle. Stava succedendo per avvero. Stavo andando da Mindy. "Dammi un biglietto di sola andata per Trion e andrà tutto bene."

Si acciglià. "Trion?"

Provai a sollevare la mano, a massaggiarmi i polsi, anche se non mi facevano male. Volevo scostarmi i capelli dietro l'orecchio. Sistemarmi su questa specie di sedia da dentista dura come la pietra. E quel leggero pizzico dietro l'orecchio non era niente di simile alla Novocaina. Questo posto, fino ad ora, era di gran lunga meglio dello studio del dentista. Solo sogni bagnati. "Sì, Trion. È lì che vado."

La custode mi guardò sbattendo le palpebre, poi inclinò la testa da un lato. "Perché pensa che l'abbiamo abbinata a Trion?"

"Mia sorella è lì, e quindi è lì che andrò." Ne ero assolutamente certa. Eravamo gemelle. Identiche. Dove andava una, andava l'altra. Sempre.

"Sono contenta per sua sorella," disse la custode in tono neutrale, come se offrisse quest'affermazione a tutte le sorelle. "Ma lei non è stata abbinata a Trion."

Spalancai la bocca e guardai la donna sgranando gli occhi. "Ceto che sì. Vado su Trion."

Scosse il capo, lentamente. "No, signorina Nichols. Lei è stata abbinata a Viken. Un abbinamento del novantasette per cento, il che è impressionante, considerando che è stata abbinata a tre guerrieri."

Merda. Tre? Aveva appena detto tre guerrieri?

No. Era sbagliato. Certo, quel sogno era stato eccitante. Super eccitante. Stupefacente. Ma non era quello di cui avevo bisogno. Io avevo bisogno di andare su Trion. Ora toccava a me accigliarmi.

"Viken? Dove diavolo si trova Viken? Non ne ho mai sentito parlare." Strattonai le cinghie, d'improvviso ansiosa di alzarmi da questa danna sedia prima che la custode Egara premesse un qualche pulsante magico e mi spedisse sul pianeta sbagliato. Io non volevo andare su Viken. Proprio no. Mindy era su Trion. Trion.

"Viken è un piccolo pianeta famoso per il suo –"

La guardai. "Non me ne importa niente di Viken." Strattonai con forza, fino a quando le cinghie non mi aprirono un taglio nella carne. Provai a gettare le gambe da un lato e a tirare, a contorcermi, ad alzarmi. "No. Non voglio andare su Viken."

"Perché no? Il suo subconscio ha indicato quel pianeta come abbinamento migliore."

Sollevai le mani per fermarla, sebbene i miei polsi fossero sempre bloccati. "No. Mi rifiuto."

"È già stata abbinata," rispose. "Ha accettato l'abbinamento, verbalmente. Ho le mani legate."

Sì, pure io. Cercai ancora una volta di divincolarmi.

"Secondo il protocollo, devo inviarla nel luogo dove la possibilità di una abbinamento riuscito sono maggiori. E quel luogo è Viken."

Scossi il capo. Era sbagliato. Sbagliatissimo. Ma avevano bisogno di spose, no? Il programma spose metteva pubblicità dappertutto. In TV. Online. Sugli autobus. Erano disperati, no? E quindi mi avrebbero mandata dove io volevo andare. Doveva farlo. "Mi dispiace, Custode. Ma no. Se non vado su Trion, me ne torno a casa."

"Non era mai successo, signorina Nichols." I suoi occhi ora non erano più tristi, ma ciò che vi scorsi era peggio. Pietà. "Sta rinunciando alla possibilità di essere felice, Violet. Non posso mandarla su Trion. I protocolli di abbinamento sono estremamente specifici. È stata abbinata, e io ho le mani legate. Non posso mandarla su un altro pianeta sapendo che sarà infelice."

Mi girai e la guardai con severità. "Custode Egara, io non andrò su Viken." Chiusi la bocca, digrignai i denti e dissi: "Trion, da mia sorella. Oppure niente."

"Ma –"

"Liberami. Me ne torno a casa."

La custode mi fissò per un minuto intero, ovviamente pensando a quello che stava per fare. Le donne non rifiutavano mai gli abbinamenti? Io pensavo che le donne non facessero altro che dire di "No". I ripensamenti, in questi casi, mi sembravano più che ragionevoli.

O qua l'idiota ero io? Che rinunciavo a essere *felice*? Ma no. Senza mia sorella non c'era felicità. Era la mia metà. Non avevo bisogno di un uomo – o di tre – per quello. Avevo bisogno di sapere che stava bene. Che era felice. Sapevo che non sarei mai stata felice fino a quando non avrei saputo che stava bene. Ce l'avevo scritto nel DNA che dovevo prendermi cura di lei.

"Se non mi liberi mi metto a urlare."

Mi venne vicina e mi guardò negli occhi. "Sta commettendo uno sbaglio, Violet."

"No. Non posso andare su Viken."

Il suo sospiro fu così profondo da farmi sbatacchiare le ossa, e di certo mi fece innervosire. "Bene."

La sedia scivolò tornando nella stanza principale, le strane porte si chiusero e la luce blu scomparve. Poi, le cinghie si ritrassero magicamente e io mi alzai così in fretta che per poco non le finii addosso. Mi massaggiai dietro l'orecchio. Ora c'era uno strano bozzolo che mi faceva male. Non era uno sbaglio. Dovevo solo trovare un altro modo per andare su Trion.

Doveva esserci un altro modo.

2

*C*alder, pianeta Viken, Viken Unita, stazione di trasporto #4b

STAVA ARRIVANDO. La mia compagna. Dèi, finalmente. Il cuore mi batteva veloce e facevo dei respiri profondi per provare a calmarmi. Due anni. Erano due cazzo di anni che l'aspettavo. Era stata là fuori per tutto questo tempo, senza che io la conoscessi, senza che lei sapesse che era stata abbinata a me. Novantasette per cento di compatibilità. E l'altro 3 percento? Ci avremmo lavorato su. Non appena sarebbe arrivata.

Fissavo la piattaforma di trasporto vuota, una delle tante qui nel centro di trasporto, il più grande di Viken Unita, e anche il più trafficato. Combattenti, guardie, compagne: passavano tutti per di qui, arrivavano da pianeti lontani come la mia compagna, altre venivano indirizzate verso altri battaglioni. Guardai lungo la schiera di piattaforme e vidi una coppia materializzarsi, tenendosi mano nella mano. Lui indossava l'uniforme nera e l'insegna a forma di freccia del Settore Due, lei il solito vestito morbido e semplice indossato da tutte le compagne Viken.

Mi sentii attraversare da un'invidia rapida e feroce. Anche io volevo stringere la mano della mia compagna, essere con lei. Sapere che era al mio fianco, al sicuro, e che era mia. *Mia.*

Battei il piede con impazienza. Mi avevano convocato tre ore fa dicendomi che finalmente ero stato abbinato. Quanto ci metteva ad arrivare? Sapevo che la Terra era distante anni luce, ma non lo sapevano i tecnici del trasporto che ogni secondo di attesa era come una pugnalata al cuore? Lei era mia. Era ufficiale. Aveva accettato e stava arrivando. Mia.

Mia!

"Calder, è bello vederti."

Mi voltai e vidi un viso familiare. "Salve. Zed, giusto?" chiesi. L'uomo annuì. I suoi capelli corti erano un po' lunghi sulla fronte e si mossero assecondando il movimento della sua testa.

"Sì, ne è passato di tempo. Dalla missione sul Settore Ventisette, se non ricordo male."

Ripensai a quando ci eravamo conosciuti, a quando avevamo combattuto assieme. "Tre anni fa, più o meno. Che cazzo di casino. Sono felice di esserne uscito fuori vivo." Non volevo ripensare al massacro al quale eravamo scampati. Lo Sciame aveva completamente circondato un battaglione. Avevamo dovuto unire le forze, noi guerrieri con quelli dell'intelligence, per oltre due settimane. Lo

Sciame ne aveva uccisi o integrati non so quanti prima dell'arrivo dei rinforzi. Eravamo rimasti bloccati ed era così che avevo avuto di conoscere gli altri. La battaglia faceva proprio questo, creava dei legami che non potevano essere paragonati a niente.

Era triste in volto, e allora capii che anche lui stava ripensando a quanto era successo. "Mi sono ritirato per sei mesi, dopo."

La sua uniforme nera si confaceva al ricordo che avevo di lui e mi indicava che proveniva dal Settore Due. La fascia rossa che portava stretta attorno al braccio si abbinava a quella che adornava il mio. Il colore del mio settore era il marrone, ma la fascia rossa che portavo al braccio indicava che facevo parte delle guardie reali. Le indossavano solo quelli che lavoravano direttamente per il re. Ma io non avevo mai visto Zed in giro per Viken Unita. Io facevo parte della guardia privata della regina, ed ero completamente innamorato della piccola principessa, Allayna. Adoravo vedere i tre re assieme alla loro compagna e alla loro figlia, ma ogni giorno era sempre più difficile sopportare quella vista. La solitudine mi soffocava come un veleno. La famiglia era l'unica cosa che importava, e io non ne avevo nessuna. Fino ad oggi.

La mia compagna sarebbe arrivata da un momento all'altro. Era difficile mantenere uno sguardo severo. "Mi sono ritirato dalla Coalizione due anni fa. Adesso sono di stazione qui su Viken Unita. Come guardia. I SV possono saltare fuori da un momento all'altro, ma non sono niente in confronto allo Sciame."

Ero soddisfatto della mia vita tranquilla, della semplice vita su Viken. In mezzo alla natura. Non ero fatto per lo spazio, il mio pianeta natale era il posto giusto per me. Il terreno sotto ai piedi, gli alberi intorno a me, lo spesso fogliame sopra la testa. Sì, la pace. Avevo combattuto e mi ero guadagnato il diritto di reclamare una sposa. E, finalmente, dopo aver aspettato per tanto a lungo, la mia donna era qui. La mia compagna stava arrivando. Avrei avuto tutto quello che desideravo.

Zed sorrise. "Sono d'accordo." Inclinò la testa da un lato. "Io lavoro alla CIQ." La Stazione di Comunicazione Interstellare Quantica si trovava lontana da tutti e da tutto, era ricoperta di ghiaccio, neve e rocce. Era una terra desolata dove sopravvivevano solo gli animali selvaggi. E i guerrieri più duri.

"Da gelarsi, cazzo," commentai io. A me piaceva vivere nelle aree urbane di Viken Unita, ma la CIQ significava solitudine. Zed non era l'unico a lavorare lì, ma quel posto era isolato, cazzo. A giudicare dalla sua calma e dal suo atteggiamento tranquillo, sembrava contento di lavorare lì.

Fece spallucce. "Ci si abitua." Un lento sorriso gli attraversò la faccia. "E non sarà così male, quando ci sarà la mia compagna a scaldarmi durante la notte."

L'idea di condividere il mio letto con la mia compagna mi fece risvegliare il cazzo. Spostai il peso da un piede all'altro. "Sei qui per la tua compagna?"

Sorrise. "Me lo hanno comunicato un paio di ore fa. Sono stato abbinato." Gonfiò il petto con quell'ovvio orgoglio che anche io provavo. "Non vedo l'ora."

Gli diede una pacca conviviale sulla spalla. "Congratulazioni. Anche io sono qui per la mia compagna. Sto solo aspettando che arrivi," dissi sospirando. "Cazzo, ti capisco. L'idea di condividere il mio letto, la mia vita con la donna fatta per me... me lo ha fatto diventare duro come la pietra."

Annuendo, disse: "Tu ci conosci, a noi del Settore Due piace il bondage. Non vedo l'ora di legarla." Si sporse in avanti, sebbene non sembrava che gli importasse che qualcuno potesse sentirlo. Le preferenze sessuali di quelli del Settore Due non erano un segreto per nessuno. "Non la farò alzare se non le ho procurato almeno cinque orgasmi. Diamine, forse nemmeno allora la lascerò andare."

Mi allettava l'idea di legare la mia compagna al letto, non perché mi piacesse quel tipo di cose, ma perché così avrei saputo che non sarebbe andata da nessuna parte. No, avrei preferito metterla in mostra. Potevo scoparla in privato fino a quando non ci fossimo conosciuti l'un l'altra, fino a quando non avrei saziato i miei bisogni, ma poi saremmo andati fuori, nella pubblica piazza, dove tutti avrebbero visto quanto era bella quando veniva sul mio cazzo. Come fosse mia e mia soltanto. Avrei sfoggiato la sua perfezione e avrei fatto vedere a tutti il mio seme che la marchiava, e tutti avrebbero saputo che lei era intoccabile, che la mia terrestre apparteneva soltanto a me.

Ringhiai: non volevo che nessun altro la toccasse. Guardai la piattaforma di trasporto. Dove cazzo stava? L'attesa mi fece guardare Zed. "Beh, di nuovo congratulazioni. Non voglio trattenerti oltre."

"Hai ragione. Anche a te. Farai meglio ad andare. Mi odierei se ti perdessi il suo arrivo."

Mi accigliai. "Non accadrà. Sta arrivando da qui."

Indicai la piattaforma rialzata sulla quale sarebbe apparsa. Presto, cazzo. Da un momento all'altro.

"No, la mia compagna sta arrivando da qui. Questa è la piattaforma numero 3, giusto?"

Ci girammo entrambi verso il tecnico in piedi dietro la sua stazione di controllo. C'era una lunga fila di stazioni di controllo, quindici in tutto, ognuna col suo tecnico. "Piattaforma 3," ci confermò.

"Dev'esserci un errore," dissi.

"Sì, dev'esserci qualche cazzo di errore." Guardammo al Viken che aveva pronunciato quelle parole. Ci venne incontro mentre la porta si chiudeva alle sue spalle. "La *mia* compagna sta arrivando sulla piattaforma numero 3."

Indossava l'uniforme grigia e l'insegna a forma di lancia dei membri del Settore Tre. La fascia rossa che aveva al braccio lo identificava come guardia reale, ma i suoi occhi scuri e la mascella serrata – insieme ai suoi pugni altrettanto serrati – indicavano che era un guerriero. Lo avevo già visto. Una guardia della Regina. Turno di notte. Io lavoravo sempre di mattina, e quindi non c'era da sorprendersi se non ci eravamo mai parlati. Ce n'erano a dozzine di guardie, e non condividevamo gli alloggi. E dal momento che nemmeno Zed gli aveva offerto il benché minimo segno di riconoscimento, sembrò che nemmeno loro si conoscessero.

"La tua compagna?" dicemmo Zed ed io all'unisono.

"La mia compagna," rispose lui battendosi il petto.

C'era qualcosa che non andava. Ci girammo tutti e tre verso il tecnico del trasporto. Era basso, lo svettavamo di tutta la testa. Sgranò gli occhi e deglutì vistosamente.

"Abbiamo identificato un problema e dobbiamo risolverlo," dissi poggiando la mano sulla stazione di lavoro. Ero abituato a dare ordini – non che gli altri non lo fossero – ed ero quello che aspettava da più tempo e ora la mia pazienza era finito ed ero pronto a trasformarmi in una bestia. Volevo la mia compagna e la volevo subito. "Scopri immediatamente dove arriveranno le nostre compagne. Sei pronto per ricevere tre donne nei prossimi minuti."

"Io mi chiamo Axon. Settore Tre. Sono d'accordo con lui. Trova le nostre compagne. Immediatamente."

Zed incrociò le braccia sul petto e non disse nient'altro oltre al suo nome.

Il tecnico sussultò, poi abbassò gli occhi e si mise al lavoro. Le sue dita volavano sopra la superficie liscia con una velocità incredibile. Era bravo nel suo lavoro, ma ora doveva occuparsi di un errore madornale. Era possibile che ci fossero due persone assegnate per sbaglio alla stessa piattaforma, ma tre?

Un cazzo di casino che il suo team doveva risolvere. Più tardi. Dopo che la mia compagna fosse giunta sana e salva nel mio letto, sotto di me. Forse Zen aveva avuto l'idea giusta quando aveva detto di volerla legare. Sarebbe stata distesa sullo stomaco, le braccia stese sopra la testa mentre io le infilavo un cuscino sotto ai fianchi, le sollevavo il culo così da poterla penetrare con facilità con il mio cazzo. Avrebbe urlato di piacere. Il potere del seme avrebbe –

"Non c'è nessun errore," disse interrompendo i miei pensieri sconci. Ci guardò con fare preoccupato.

"Spiegati," disse Zed pronunciando quella parola come se fosse un colpo di cannone.

"Sulla piattaforma numero tre è in arrivo una

compagna per la Guardia Reale Calder, la Guardia Reale Zed e la Guardia Reale Axon."

"Tre donne da tre posti diversi non possono essere tutte e tre trasportate allo stesso tempo, tecnico," risposi io sottolineando l'ovvio.

Il tecnico annuì. "Sì, signore. Lo so benissimo, signore. Ma è in arrivo un'unica donna." Guardò la sua stazione di controllo e lesse quanto vi era scritto sul display. "Viene dalla Terra, dal Centro Elaborazione Spose di Miami."

Zed e Axon si mossero e annuirono. D'improvviso ebbi un cattivo presentimento. La mia compagna veniva da dove diceva lui. E allora perché Zed e Axon avevano annuito?

Il tecnico ci guardò tutti e tre. "Uhm, siete stati convocati qui perché la sposa che sta per arrivare è stata abbinata a tutti e tre voi."

"Cosa?" disse Zed tuonando. Tutti si girarono a guardarci.

"A tutti e tre?" chiesi guardando gli altri due. Era ovvio che questa era una novità anche per loro. Anche se i nuovi re di Viken avevano unito i tre settori dando inizio alla tradizione di far rivendicare la stessa compagna da tre guerrieri diversi, io non avevo né chiesto né acconsentito a questo tipo di unione e, a giudicare dagli sguardi di Axon e di Zed, non l'avevano fatto nemmeno loro. La famiglia per me era tutto. Tutto. Loro erano i miei avversari. Quella donna doveva essere mia.

"Controlla di nuovo," disse Axon indicando la stazione di lavoro.

Il tecnico fece spallucce. "Posso inviare un messaggio

alla Terra, alla Custode Egara che è a capo della struttura, e dirle che rifiutate l'abbinamento."

"No!" rispondemmo tutti all'unisono e, sebbene fossi deluso dal fatto che gli altri due uomini non si fossero fatti da parte, ero anche compiaciuto nel constatare che erano guerrieri onorevoli, disposti a combattere per lei, così come lo ero io. Non avrei potuto tollerare di perdere la mia compagna per un guerriero indegno.

Il tecnico abbassò velocemente la testa a passò le dita sul display, ancora più velocemente di prima. Dopo un minuto, si morse il labbro. "Beh, uhm, signori, c'è stato un cambiamento."

Mi rilassai e vidi che anche gli altri si calmavano.

"Non viene più. Ha rifiutato il trasporto." Il tecnico non alzò lo sguardò. Chiaramente temeva di essere ucciso non da un compagno rifiuto, ma da tre. Che oltretutto erano dei guerrieri della Coalizione in pensione. "L'abbinamento è stato fatto. Dice chiaramente che lei ha accettato l'abbinamento, ma che rifiuta il trasporto. La Custode Egara ha aggiunto una nota: la vostra compagna si è rifiutata di partire per Viken e ha lasciato l'edificio."

"Per andare dove?" chiesi mettendomi a camminare. Zen non mosse nemmeno un muscolo. Axon si avvicinò al muro e lo prese a pugni ammaccando il metallo ionizzato.

Il tecnico fece una smorfia e mi rispose. "Forse nei suoi alloggi? Non lo so, signore. Io, uhm... non ho familiarità con la vita sulla Terra."

Si era rifiutata? Non mi voleva? O non voleva noi? Era ridicolo. Il nostro abbinamento era del novantasette per cento. Eravamo perfetti l'uno per l'altra. Ma era perfetta anche per gli altri due?

Il mio orgoglio maschile era ferito. Ed ero arrabbiato. Adirato. Come osava rifiutare qualcosa di tanto prezioso come un abbinamento?

"Vado a prenderla," dissi senza nemmeno realizzare quello che avevo intenzione i fare. "Lei è mia. Non le permetterò di rifiutare l'abbinamento. Se non viene lei da me, andrò io da lei, e le proverò che siamo perfetti l'uno per l'altra." Salii sulla piattaforma di trasporto e incrociai le braccia sul petto. "Tecnico, inviami sulla Terra."

"Non l'avrai," disse Axon correndomi in contro e affrontandomi. Forse lui era persino più arrabbiato di me, ma io non ero un codardo. Restai lì, pronto a combattere se necessario.

"Sì, invece. È stata abbinata a me."

"È stata abbinata anche a me," rispose lui. "Se vai tu, vado anch'io. Sarà lei a scegliere il suo compagno." Si voltò e si piazzò di fianco a me sulla piattaforma di trasporto. Ignorai Zed, sperando inutilmente che se ne andasse. La terrestre era mia. La mia compagna. Se davvero era stata abbinata ad Axon e a Zed – cosa che doveva provarmi questa custode Egara sulla Terra – allora avrei onorato il protocollo e le avrei permesso di scegliere.

Ma c'era una scelta, dopotutto? Il nostro abbinamento era quasi perfetto? Avrebbe scelto me. Ne ero certo. Annuii. Anche lui era arrabbiato, ma io non mi lasciavo intimidire e non avevo paura di accettare la sfida. Non ero uno sprovveduto. Ero un guerriero indurito dalla battaglia, proprio come lui. Feroce. Determinato. E abilissimo nel far godere una donna. La nostra compagna avrebbe scelto me. E se lui avesse provato a interferire? Gli avrei strappato la testa dal collo.

La piattaforma di trasporto cominciò a ronzare, la carica elettromagnetica mi fece formicolare la pelle. Zed si arrampicò sulla piattaforma e si piazzò dall'altro lato. "Lei è mia. È stata abbinata a me. Dovrà scegliere tra noi tre. Non vi permetto di andare senza di me. I test dicono che è stata abbinata a tutti e tre noi. Di conseguenza, avrò la mia opportunità di conquistarla."

Axon ed io guardammo Zed. Dopo un istante, Axon annuì.

"Siamo pronti, signori. Dalla Terra mi hanno confermato che possiamo iniziare il trasporto verso il Centro Elaborazione Spose di Miami. Lì troverete ad attendervi la Custode Egara. Vi accoglierò e vi aiuterò ad acclimatarvi alle condizioni della Terra," disse il tecnico, che chiaramente non vedeva l'ora di spedirci il più lontano possibile da lui.

"Quali condizioni?" chiesi.

Il tecnico si accigliò e l'energia aumentò, i capelli cominciarono a fluttuarmi attorno alla testa. "La Terra è un membro di prova della Coalizione, signori. Il loro mondo è primitivo. A nessuna specie aliena è permesso di mescolarsi alla popolazione generale. La Custode Egara vi spiegherà tutte le precauzioni del caso una volta lì."

Axon si girò verso di me e Zed. "Benissimo, andremo insieme. Ma sappiate questo: prima di darle piacere, dovremo punire la nostra compagna per averci rifiutati. Una volta che il suo culo sarà di un bel rosso acceso, solo allora potrà scegliere il suo compagno."

"Sono d'accordo," disse Zed. "La puniremo insieme."

Guardai gli altri due Viken. Ci ritrovavamo tutti e tre nella stessa situazione, in una nuova battaglia. La battaglia per la nostra compagna. Uno di noi avrebbe conquistato il suo cuore, e io ero sicuro che sarei stato io. Avrei fatto del mio meglio per sedurla. Per corteggiarla. Per farla innamorare di me. Le avrei offerto conforto, protezione e piacere come nessun'altro mai. Spettava a me prendermi cura di lei. Proteggerla. Sedurla. *Mia*.

Ma Axon aveva ragione. Avrebbe conosciuto la forza dei nostri palmi ancor prima di scegliere. Rifiutare l'abbinamento era inaccettabile. Disonorevole. I guerrieri della Coalizione dovevano combattere duramente e a lungo contro lo Sciame prima di potersi guadagnare il diritto di un abbinamento perfetto. Le compagne che ci venivano inviate erano la nostra ricompensa, il nostro dono. Le nostre spose venivano trattate con massimo rispetto, con onore. Venivano adorate. Custodite. Protette.

Ma rifiutare un compagno senza nemmeno concedergli i soliti trenta giorni? Era un insulto verso tutti i guerrieri che combattevano per la sicurezza della Terra e di tutti gli altri pianeti.

Se non voleva essere una sposa, allora non avrebbe dovuto offrirsi come volontaria. Non avrebbe dovuto sottoporsi ai test, né accettare l'abbinamento. Non avrebbe dovuto illudere il suo nuovo compagno con la possibilità della felicità, di una famiglia, con la speranza di un futuro – non se il suo intento era quello di rifiutarlo crudelmente.

Me. *Di rifiutare me.*

Axon aveva ragione. Appena al di sotto dell'agonia causata dal rifiuto, sobbolliva la rabbia. Lei veniva dalla Terra, ma anche la nostra regina. La Regina Leah era stata una Sposa Interstellare e amava i suoi compagni, i tre re. Li rispettava. Amava Viken e tutto il suo popolo.

Ma qui non si trattava di Viken. Si trattava del fatto che la mia compagna aveva disonorato il forte, onorevole guerriero che l'avrebbe amata. A prescindere da chi avesse scelto, la nostra compagna avrebbe imparato fin da subito come si comportavano i suoi guerrieri Viken.

3

V iolet, Vero Beach, Florida

SENZA MIA SORELLA, il mio appartamento sembrava un mausoleo. La sua stanza era *uguale a sempre*, con i poster degli anime e dei gruppi K-pop sui muri, la coperta leopardata sul letto e un mucchio di lingerie erotica gettata sul pavimento vicino ai camici che usava per lavorare nell'ufficio del dentista. Anche quelli erano sgargianti, verde acceso o rosa, ricoperte da paperelle di gomma o fatine dei denti che agitavano le loro bacchette magiche. Se fossi entrata nella stanza sarei inciampata negli zoccoli enormi che indossava a lavoro, e la scrivania e il pavimento attorno erano ricoperti di posta aperta.

Non si era nemmeno disturbata a raccogliere i suoi panni da lavare. E lei amava la sua lingerie. Non indossava mai un reggiseno o delle mutandine che non fossero bellissime, di pizzo, e perfettamente abbinati.

La mia stanza, al contrario, era ben organizzata e pulita. La mia coperta era imbottita con piume d'oca, d'un bel verde che sfumava in un calmante color crema che mi ricordava la sabbia dell'oceano. Le lenzuola e i cuscini erano di un pratico bianco, così che potessi sbiancarle ogni volta che ne avevo bisogno. Tutte le mie scarpe erano messe in ordine all'interno di una scarpiera dietro la porta. La mia scrivania era sgombra, tutto era in odine all'interno dei cassetti. La mia penna e la mia matita preferite erano allineate lungo la scrivania. E io avevo fatto il bucato ieri notte, e quindi anche il mio stupido cesto per la biancheria era vuoto.

Sembrava che Mindy fosse uscita per andare a fare la spesa e che sarebbe ritornata nel giro di qualche minuto.

La mia sembrava che non ci vivesse nessuno. Il che era deprimente.

Mindy viveva la sua via e io... mi organizzavo.

Forse ero io la pazza tra noi, dopotutto. Forse lasciare il pianeta per sposare un alieno era la migliore idea che avesse mai avuto in vita sua.

E io volevo unirmi a lei. Solo che non potevo. Stando a quella Custode Egara, non ero compatibile con Trion. No. Mi avevano dato *tre* uomini, non uno, su un pianeta che non avevo mai sentito nominare. Viken. Che diavolo era un Viken? Che aspetto avevano? Erano viola, o blu, o avevano delle corna enormi che gli spuntavano dalla testa? Avevo cercato su Google delle informazione su Trion. I loro uomini erano dei dominatori, amavano il controllo totale quando erano a letto – il che mi aveva lasciato di stucco, se pensavo che quelle erano le cose che piacevano anche a mia sorella – e sembravano degli dèi greci sotto steroidi. O quanto meno le foto incluse nel dépliant li facevano sembrare come degli dèi del sesso. Non c'era da sorprendersi che Mindy fosse tanto eccitata.

Ma Viken? Tre uomini? E, cosa ben peggiore, *non* avevo idea di che aspetto avessero, perché ero bendata per tutta la durata del sogno, o del test, o qualunque cosa fosse quel giochetto mentale a cui mi avesse sottoposto la Custode Egara. Ora quel sogno aveva senso. Più o meno. Quale parte del mio subconscio – perché di certo io non l'avevo mai considerato in modo conscio – voleva tre uomini? Certo, si facevano le cose a tre. Ma tre uomini? E io? Era quella la parte dell'equazione che continuava a ronzarmi nel cervello. Io. Con tre uomini. Viken. Alieni.

Oh cavolo.

E ora? Odiavo ammetterlo, ma ero una codarda. Non avevo osato cercare informazioni su di loro. Non volevo che fossero degli dèi greci sotto steroidi – perché allora forse la mia mente avrebbe cominciato ad essere d'accordo con il mio corpo sul fatto di dover andare a reclamare quei tre compagni. E se fossero stati orribili, e con le corna? Beh, allora la fantasia che continuava a ronzarmi per la testa sarebbe stata bella che rovinata e questa, francamente, era la cosa più eccitante che succedeva nella mia vita sessuale da mesi. Ed era stato solo un sogno, e questo era ancora più deprimente.

Non ero un tipo pudico, ma non andavo con tre uomini tutti insieme. Il sesso mi piaceva. Dio, ad essere onesta, io *adoravo* il sesso. Ma solo se era bello. E trovare uomo a cui importasse prendersi cura dei *miei bisogni* era quasi impossibile. O almeno così sembrava.

Non importava. Viken non era Trion. E Mindy si trovava su Trion. E quindi non importava che il mio corpo formicolasse ancora ogni volta che ripensavo a quel sogno – il che succedeva ogni cinque minuti. Il fatto che la mia fica fosse ancora bagnata e dolorante e la scorsa notte avessi dovuto masturbarmi per riuscire a dormire? Irrilevante. Il sogno mi aveva tormentato per ore, ritrovarmi circondata da tre amanti, essere a un passo dall'orgasmo solo perché mi venisse negato, ancora e ancora? Irrilevante.

Chiusi con forza la porta della camera di Mindy e mi rimproverai davanti allo specchio del corridoio. "Zitta, Violet. Non ci vai su Viken, discorso chiuso."

Il cellulare mi vibrò nella tasca dei pantaloni. Mindy? Lo tirai fuori il più in fretta possibile e trovai un messaggio da un numero sconosciuto. *Non* era Mindy. Certo che no. Lei era su Trion.

SIGNORINA NICHOLS, *sono la Custode Egara. La prego di non allarmarsi, ma i suoi compagni sono venuti sulla Terra per reclamarla. Stando agli accordi legali firmati tra la Terra e la Coalizione Interstellare, hanno trenta giorni per corteggiarla prima che lei possa rifiutarli ufficialmente. Siccome lei ha accettato l'abbinamento, ho le mani legate. Si aspetti compagnia. Sono guerrieri onorevoli, Violet. Non le faranno del male. Le do la mia parola.*

OH. Mio. Dio.

Come un'idiota, mi guardai. Mi ero lavata i denti prima di colazione, e nient'altro. Indossavo ancora la canottiera rosa e orlata di pizzo e i pantaloncini a fiori del pigiama che avevo usato per dormire. Avevo i capelli in disordine, raccolti giusto per levarmeli dal collo. Avevo i piedi nudi e non indossavo la biancheria intima. Alle dita dei piedi portavo uno smalto rosa acceso, ma niente trucco. Niente gioielli. Niente profumo.

Nemmeno un pezzo della mia solita armatura. Niente. Non uscivo mai senza mettermi tutto indosso. Mai.

Ma, ora, sembrava che fossi uscita fuori dal letto e mi fossi gettata addosso la mia vestaglia di seta nera e me ne andassi in giro per la casa come un vampiro.

Perché era proprio così. Tipo, un'ora fa. Avevo le tapparelle abbassate. Era buio e faceva freddo, la mia Batcaverna personale. E ciabattare in giro sorseggiando caffè non richiedeva un grande sforzo – o dei vestiti alla moda. O delle scarpe.

Feci un respiro profondo e rilessi il messaggio, solo per essere sicura che non stessi impazzendo. No. Le parole erano sempre le stesse. Risposi al messaggio.

Quando?

Rispose nel giro di un secondo.

Ora. Non vogliono spaventarti.

Ora? Come in ora, ora?

È uno scherzo?

La sua risposta mi fece mancare un battito.

Apra la porta, signorina Nichols.

Impossibile. Era impossibile che dietro alla mia porta ci fossero tre alieni. Mi chiesi se *questo* era solo tutto un sogno.

Poggiai il cellulare sul tavolo della cucina e mi diressi verso la porta d'ingresso, praticamente in punta di piedi. Più scioccata che altro, la aprii e smisi di respirare tutt'insieme.

"Porca miseria."

Tre uomini enormi erano in piedi dall'altra parte della porta, vestiti come se avessero comprato l'intero guardaroba di un negozio di souvenir a buon mercato. Cappelli da baseball dei Marlin, camice floreali in stile hawaiano, bermuda color pastello e persino le flip-flop. Erano ridicoli. Gli mancava solo una videocamera appesa al collo e le scottature. Si erano vestiti così per mescolarsi? Forse un normale umano avrebbe potuto nascondersi, così, ma questi tre? Era ovvio, almeno per me, che erano ben lontani dall'essere umani. Erano alti almeno due metri, grossi come dei giocatori di football, e nemmeno un filo di grasso. L'unica volta che avevo visto qualcuno come loro – a parte i vestiti ridicoli – era stato in uno show sui Vichinghi. Su dei Vichinghi *enormi*. Questi tre non passavano esattamente inosservati. E con quei cappelli? Dei giganti alieni tutti muscoli.

L'aria calda e umida dell'esterno mi soffiò in faccia, mentre l'aria fredda del condizionatore del mio salotto mi faceva svolazzare la vestaglia attorno alle gambe. Mi accorsi che non mi ero nemmeno preoccupata di allacciarmela, e che stavo lì, mezza nuda di fronte a tre alieni. Tre sconosciuti che pensavano di poter vendicare dei diritti sul mio corpo. Sulla mia vita. Sul mio futuro. Su tutto. Ero stata abbinata a loro. Venivano da Viken. E ora erano qui, in Florida, davanti a casa mia.

Mi sentii furiosa, e rimpiazzai il nervosismo e l'ansia con il potere.

"Andatevene a casa, ragazzi. Non sono proprio dell'umore." Sbattei la porta, o almeno ci provai, perché l'alieno dagli occhi blu e con una mascella così squadrata che un carpentiere avrebbe potuto usarla per prenderci le misure, sollevò la mano e bloccò la porta.

"Sei magnifica, Violet. Mi chiamo Zed e sono il tuo compagno, e non ci impedirai di entrare in casa tua dopo che abbiamo viaggiato per migliaia di anni luce solo per incontrarti. Sarebbe un atto disonorevole, compagna. Completamente inaccettabile." Inclinò la testa da un lato e mi guardò, da capo a piedi, con un luccichio negli occhi che mi fece capire che non era il tipo con cui si poteva discutere, non importava cosa avessi detto.

Avrei dovuto essere arrabbiata. Invece, sentii i miei capezzoli che si inturgidivano e la fica che mi si contraeva al suono della sua voce, al tono brusco che aveva usato. Dannazione.

Il suo sguardo vagò sul mio corpo, osservando con piacere il modo in cui il mio corpo cambiava sotto la stoffa leggera della mia canottiera. Mi chiusi la vestaglia per nascondermi. Troppo tardi, a giudicare dal suo sorrisetto. "Tu sei mia."

Quelle parole mi fecero rabbrividire, mi tremarono le ginocchia e non riuscivo a smettere di fissargli le labbra. Perché non era viola, con le zanne e delle grosse corna che gli spuntavano dalla testa? Non che ci fosse stato nulla di male se fosse stato effettivamente così, ma in quel modo almeno non sarebbe stato il mio tipo.

Ma lui? Loro? Dannazione. Ero nei guai. Erano belli da morire. Meglio del Trion del poster che avevo visto mentre andavo al centro spose.

Ma in un certo senso aveva ragione. Erano qui. E venivano da molto, molto lontano. Ero stata educata bene. E farli entrare non significava che dovevo acconsentire a tutto quello che volevano.

La Custode Egara mi aveva promesso che non mi avrebbero fatto del male. Da quello che avevo letto sul

Programma Spose Interstellari, i guerrieri alieni trattavano le loro compagne come se fossero delle preziose principesse... stando a credere a quello che veniva detto dalle pubblicità. E dal momento che non potevano farmi lasciare la Terra qui dal mio salotto, potevo lasciarli parlare, potevo spiegare loro la situazione con mia sorella e spedirli a casa per trovarsi una nuova sposa. O compagna. O quello che era.

Aveva ragione, glielo dovevo. Almeno questo.

Feci un passo indietro e stesi il braccio per indicare che potevano entrare ed accomodarsi. Mi sfilarono davanti uno dopo l'altro, e subito mi ritrovai in allerta, con il sogno del test che mi tornava a investirmi a piena forza.

Ma ora avevo delle facce da aggiungere alla fantasia. Dei muscoli poderosi e degli sguardi intensi da aggiungere al mix. E niente di tutto ciò mi aiutava a tenere a bada il sogno. Anzi, ero agitata come non mai. Ancora più sconvolta di quanto non fossi stata quando avevo letto il messaggio di mia sorella.

Questi alieni erano qui per me. Mi volevano. Volevano scoparmi e rivendicarmi e portarmi sul loro pianeta. Me!

Deglutii con forza. Che cosa avevo fatto?

Chiusi la porta e vi appoggiai la fronte, giusto per un secondo, sperando che il metallo freddo riuscisse a fermare il tremolio che aveva preso a scuotermi il corpo. Chiusi gli occhi e contai in silenzio fino a dieci, cercando di farmi forza. La mia mente era in rivolta, mi gridava di sbatterli fuori – ma il mio corpo? Dio, stava facendo di tutto per sfidare i miei tentativi di mantenere il controllo. Adesso riuscivo a sentire il loro *odore*. L'odore di uomo e di muschio e di qualcosa tanto inebriante da non permettermi nemmeno di pensare.

E quindi era rimasto solo il mio cuore a decidere e, dannazione, il mio cuore ferito si stava raggomitolando in una palla di dolore nel mio petto, chiedendo a gran voce di accettare quello che questi alieni mi offrivano. Una casa. Una famiglia. L'amore. La protezione. Del sesso che mi avrebbe fatto uscire di testa e mi avrebbe lasciato implorante. Sapevo che tutto questo era vero. Lo sapevo e basta. Così aveva detto la Custode Egara quando le avevo detto che avevo cambiato idea.

"Merda."

"Imprecare non si addice a una femmina bella come te." Era di nuovo l'uomo di ghiaccio, il Signor Occhi Blu. Non sapevo perché, ma sentivo che lui era quello di cui dovevo preoccuparmi di più. Ma gli altri non avevano ancora aperto bocca, non avevano fatto altro che fissarmi come se volessero gettarmisi in spalla e portarmi verso la più vicina superficie orizzontale.

"Scusate." Cacchio. Perché mi stavo scusando? Ma era vero. Io non imprecavo mai. Mia sorella? Lei parlava come uno scaricatore di porto, e quindi io le lasciavo campo libero quando era richiesto... un certo tipo di linguaggio. E perché riuscivo a capirli? Le loro bocche assumevano strane forme, chiaramente non stavano parlando in inglese, ma li capivo perfettamente.

La testa mi pulsava dietro l'orecchio, proprio lì dove si era formato il bozzo. Mi accigliai. La strana tecnologia che quell'ago gigante mi aveva conficcato nel cranio faceva ancora male. Ma almeno funzionava. Se avessero sputato cose senza senso, ero sicura che sarei andata nel panico.

E così sapevo che, se avessi detto loro di togliersi dai piedi, mi avrebbero capita eccome.

Mi girai e non riuscii a trattenere l'enorme sorriso che mi attraverso la faccia. Eccoli lì. Tre alieni enormi, spalla a spalla, che sembravano dei Vichinghi in vacanza, seduti in modo composto strizzandosi sul divanetto che avevamo comprato all'IKEA. Sembravano degli adulti seduti su sedie di plastica disegnate per dei bambini di quattro anni. Le braccia strette sulle ginocchia nude. "Perché uno di voi non si sposta sulla poltrona?"

La poltrona non era molto meglio, e chiunque di loro l'avrebbe fatta apparire minuscola, ma tutto era meglio della loro disposizione attuale.

"No." I tre uomini parlarono all'unisono. Io feci spallucce e mi sedetti di fronte loro. Imbarazzata, mi tirai giù la vestaglia per coprirmi le ginocchia e la maggior parte delle cosce.

"Perché no?"

"Perché uno di noi partirebbe svantaggiato da un punto di vista tattico." Inclinò la testa verso di me. "Io sono Calder. Il tuo compagno." A parlare era l'uomo con gli occhi castano scuro. Aveva la voce profonda, ma non severa come quella di Zed. Melliflua, seduttiva. Il mio corpo le rispose così come aveva fatto al comando di Zed, avvampando di calore e facendomi bagnare ancora di più in mezzo alle cosce. Facendomi fremere.

No, non si freme!

Non riuscivo a togliermi il sogno dalla testa. Non riuscivo a non immaginarmi mentre mi trovavo in mezzo a questi tre guerrieri. Erano degli esemplari di maschio eccellenti. Tutti e tre.

Mi appoggiai allo schienale della sedia e incrociai le braccia sul petto. "Svantaggio tattico? Siete in guerra?"

"Sì. Siamo in guerra per il tuo cuore, compagna," disse il terzo uomo con un sorriso rilassato e affascinante. "Io mi chiamo Axon. E ti offro un piacere che non hai mai provato in vita tua." Era il meno intimidatorio dei tre, nonostante fossero tutti e tre grossi uguali. Aveva gli occhi verdi, e le sue sopracciglia marroni rendevano il contrasto estremamente interessante. Era, in una sola parola, bellissimo. Bello come un dio greco. Lo immaginai mentre sollevava gli occhi su di me, la sua faccia in mezzo alle mie gambe, mentre mi faceva venire ancora e ancora con la sua lingua esperta.

Cacchio. Che diavolo di problema avevo? Ero come un animale in calore, incapace di controllare i miei istinti primari. Volevo vederli. Lo volevo davvero.

"Toglietevi i cappelli," ordinai loro.

Lo fecero. Si misero tutti e tre i cappelli da baseball sulle ginocchia e io mi presi qualche secondo per ispezionare i miei compagni Viken. Il primo uomo, Zed, aveva i capelli biondi tagliati corti come quelli di un soldato. Le sue labbra erano piene, di un rosa pallido, e si curvavano leggermente all'insù, come se sapesse con esattezza a cosa stessi pensando, perché stessi fremendo. Forse era così. I suoi occhi erano azzurri, come dei laser. Così intensi che non riuscii a sostenere il suo sguardo molto a lungo.

Il secondo, Axon, era il dio greco. Capelli neri lunghi abbastanza da arricciarsi sul colletto della sua camicia e da accarezzare la punta delle sue sopracciglia inarcate. Pelle olivastra. Occhi verdi scuri come gli alberi di pino. Il sorriso amichevole. Me lo immaginai disteso sulla spiaggia mentre beveva un margarita, senza un pensiero per la testa. O a Los Angeles con un completo Armani mentre usciva a cena con una supermodella o un'attrice.

E il terzo? Calder. I suoi capelli erano del colore dell'ebano, e mi venne voglia di passarci le dita in mezzo per scoprire se erano tanto soffici e caldi quanto sembravano. Erano lunghi, gli arrivavano oltre le spalle, e li portava legati con una specie di fascia alla base del collo. Aveva le labbra più sottili, ma il suo sguardo era diverso da quello degli altri. Mi guardava come se già gli appartenessi. Come se mi avesse già baciata migliaia di volte. Come se lui fosse mio.

Porca puttana, qui ero in guai seri. Erano grossi, dominatori – in modo sfacciato -, e mi volevano tutti e tre. Me! Fremetti un altro po'.

Schiarendomi la gola, mi sporsi in avanti e mi poggiai i gomiti sulle cosce. Cercai di concentrarmi. Su Mindy. Su Trion. Avrei trovato un modo per andare su Trion e trovare un compagno lì. Quanto poteva essere difficile?

Questi tre erano bellissimi. Dei fusti. Perfetti. Non avrebbero avuto problemi a trovare un'altra compagna disposta a... uhm... beh, quello. Non riuscii a finire il pensiero. Veramente volevo che tutte le loro calde attenzioni si rivolgessero su un'altra donna?

Deglutii di nuovo e mi leccai le labbra secche. "Sentite, apprezzo il fatto che siate venuti fin qui per incontrarmi. Sono lusingata. Ma la Custode Egara avrebbe dovuto dirvi la verità. Non posso andare su Viken. Mi spiace. Devo andare su Trion."

"Perché?" chiese Zed. Il suo sguardo glaciale esigeva di sapere la verità.

Beh, almeno mi stavano sentendo. "Perché è lì che si

trova mia sorella. Non siamo mai state separate in vita nostra. Nemmeno per un giorno. Almeno fino ad ora, fino a otto settimane fa, quando si è offerta volontaria ed è stata assegnata a un uomo di Trion. Dove va lei, vado io. Devo trovarla e assicurarmi che stia bene. Devo andare su Trion, non su Viken. Mi dispiace."

Ecco. Fatto. Avevo detto loro la verità. Ora dovevano andarsene. Il che era stranamente deludente, ma tanto era.

Mi alzai, mi incamminai verso la porta e afferrai la maniglia, pronta a rimandarli a casa loro. Potevano portarsi quei vestiti ridicoli su Viken. Sarebbero stati i loro souvenir.

Calder si alzò, si afferrò la camicia e la tirò su facendo schizzare via i bottoni che andarono a sbattere contro il muro e sulle mattonelle del pavimento prima che strappasse via il tessuto dalle sue spalle e lo lasciasse penzolare da una mano.

Smisi di respirare. Porca puttana. Muscoli. Cicatrici. Uomo. Senza quella camicia ridicola, era magnifico. Niente a che vedere con i turisti che avevo visto fino ad ora.

"Io sono Calder, il tuo compagno. Dopo che mi avrai scelto e io ti avrò reclamata, ti do la mia parola che ti porterò su Trion per cercare tua sorella." Pronunciò quel giuramento senza esitazione, sapevo che era serissimo.

Feci un passo verso di lui. Poteva portarmi su Trion? Io non lo conoscevo, non sapevo che tipo fosse, ma la Custode Egara aveva detto che tra noi due c'era un'affinità del novantasette per cento. Un numero bello alto. Valeva la pena di correre il rischio, se così facendo avrei ritrovato mia sorella. "Io –"

Non riuscii a finire la frase che anche Zed e Axon si alzarono, si strapparono di dosso le loro ridicole camicie hawaiane facendo volare altri bottoni in giro per la stanza. Se lo avessero fatto vicino alla piscina del complesso residenziale dove vivevo, qualcuno sarebbe finito dentro l'acqua. *Questi* erano loro. Nudi. Niente travestimenti, niente da nascondere.

Una volta che le loro camicie caddero sul pavimento, persi letteralmente la capacità di pensare. In piedi davanti a me c'erano tre fusti da capogiro, mezzi nudi, con uno sguardo negli occhi che non aveva niente a che fare con le parole e tutto a che fare con il sesso. Sesso da far girare la testa, circondata dai miei uomini, che mi facevano venire ancora e ancora. I pantaloncini gli arrivavano pochi centimetri sopra le ginocchia ed erano di un qualche color pastello – quale con esattezza non lo so, perché l'unica cosa che riuscivo a notare era il grosso rigonfiamento dei loro cazzi sotto il cotone. Lunghi e tozzi, come dei tubi. Oh. Mio. Dio. Gli alieni ce l'avevano enorme. Come facevano a camminare con quei cosi in mezzo alle gambe? Ma la domanda più grossa – non scuso il gioco di parole – era... mi sarebbero entrati nella fica?

Questa volta, quando mi contorsi, avevo le cosce bagnata, i pantaloncini del pigiama rovinata dalla mia fica troppo vogliosa di farsi una cavalcata.

E li volevo. Volevo loro. I loro cazzi. La mascolinità lunga e grossa di questi tre alieni. La fica mi stava praticamente urlando di spogliarmi e di distendermi sul pavimento, di lasciare che mi facessero tutto quello che volevano. Il mio corpo voleva quel sogno, la promessa di piacere che mi aveva stuzzicata mentre ero nel centro spose. Prima d'ora non mi ero mai trastullata con la possibilità di andare con tre uomini. Ma ora? Riuscivo a pensare solo a quello, specie mentre loro erano in piedi davanti a me, che mi si offrivano in silenzio.

Quando sia Zed che Axon parlarono per fare lo stesso giuramento, ero come bloccata. Stordita. Confusa. Che diavolo stava succedendo qui? E perché mi stavano chiedendo di *scegliere* solo uno di loro? Non erano tutti e tre miei? Tre compagni. Così mi aveva detto la Custode Egara. Tre. Non come in *"scegli tra tre"*. Perché, veramente, e chi poteva scegliere? Scegliere sarebbe stato una punizione troppo crudele per qualunque donna. Avevo tre guerrieri mezzi nudi che mi si offrivano, ognuno di loro più sexy di qualunque altro uomo avessi mai visto in vita mia – e dovevo sceglierne uno solo?

Non era giusto.

"Che vuoi dire se scelgo te?" chiesi. "La Custode Egara mi ha detto che siete tutti e tre miei."

Mi guardarono e io analizzai le loro espressioni per cercare di capire la situazione.

Gli occhi blu di Zed erano pieni di lussuria. Pura lussuria.

Axon sembrava curioso, come se lo avessi sorpreso, le sopracciglia marroni inarcate.

Ma Calder? Corrucciò le sopracciglia, come se fosse arrabbiato, e la sua pelle chiara arrossì leggermente. Era la maledizione di quelli dai capelli rossi: arrossivano a ogni emozione.

Restarono in silenzio.

Mi poggiai le mani sui fianchi. "Fareste meglio a spiegarvi. Mi avevano detto che avevo *tre compagni* da Viken. Se acconsento a partire con voi, e siccome mi hanno assegnata *tre compagni*, non dovrei scegliere. Non vi conosco nemmeno. Come fatto a scegliere uno piuttosto che un altro? Voglio dire, l'abbinamento è del novantasette percento, giusto? E suppongo di aver ottenuto lo stesso punteggio con ognuno di voi."

Non avevo *bisogno* di tre uomini, ma come potevo scegliere? Chiedermi di scegliere dopo solo cinque minuti che ci eravamo conosciuti era più che ingiusto. Forse io non avevo *bisogno* di loro – avere tre compagni sembrava un tantinello eccessivo – ma il mio corpo li *voleva*. Tutti e tre. Proprio come nel sogno. E ora, anche nella realtà.

Calder si schiarì la gola. "La tradizione di prendere tre compagni è cosa nuova su Viken. Nessuno di noi si è sottoposto ai test con l'intenzione di seguirla. Noi preferiamo –" arrossì ancora di più.

Axon finì la frase al posto suo: "Non vogliono condividerti."

Mi concentrati su di lui. "E tu sì?"

Fece spallucce e riassunse quello sguardo da playboy. "Sei bellissima, Violet." L'inerzia che ci aveva finora paralizzati si infranse e lui mi si fece incontro, lentamente, come se temesse che potessi scappare via. Quando fu abbastanza vicino dovetti inclinare la testa all'indietro per continuare a guardarlo negli occhi. Mi portò una mano alla testa e mi sciolse i capelli, usando le dita per accarezzarmi le lunghe ciocche. "Capelli come la seta." Mi passò la punta delle dita sulla mascella. "Pelle soffice come petali." Si sporse in avanti e ispirò a fondo. "Hai il profumo della dolcezza e della morbidezza" – mi avvicinò le labbra all'orecchio, facendomi venire la pelle d'oca – "e sento che sei molto, molto bagnata. Pronta per il mio cazzo."

Gli altri e due udirono l'ultima parola e balzarono in avanti, ma Axon sollevò la mano per bloccarli. "Adesso lei è mia. Avevamo un accordo."

Zed e Calder si fermarono di colpo, ma gli occhi di Zed mi facevano bruciare, tenevano sott'occhio ogni movimento di Calder. Ci stava guardando, e chissà per quale motivo quello mi eccitava, mi faceva venire voglia di tentarlo, di stuzzicarlo. Di spingerlo a cambiare idea sulla condivisione... perché io avevo cambiato idea sul non volere questi tre alieni.

Calder strinse e rilassò i pugni, come se volesse colpire il guerriero che mi stava toccando.

La sua possessività mi fece inturgidire i capezzoli. Mi sentivo... desiderata. Bellissima. E nessuno di loro era come i ragazzi della terra, che volevano pagare per la cena e il cinema solo per entrarmi nelle mutande. Anche loro volevano farlo, non c'erano dubbi. Ma loro mi volevano. In modo disperato. Avevano viaggiato attraverso l'universo solo per me. Ecco quanto mi desideravano.

Non sapevo cosa diavolo stesse succedendo, o cosa dovessi fare, ma Axon aveva ragione. Il mio corpo era pronto per lui. Per loro. Dopo aver passato quasi due mesi ad andare fuori di testa perché mia sorella mi aveva abbandonata, il mio autocontrollo era completamente logorato. Perché dovrei *averne*? Questi tre erano stati abbinati a me. La Custode Egara me lo aveva confermato più volte. Non erano degli stramboidi della Terra. Avevano diverse usanze, diverse tradizioni, tradizioni che mi volevano stretta in mezzo a loro... si sperava.

Lo dovevo a tutte le donne della Terra. Dovevo prendermi esattamente quello che mi stavano offrendo. Lo dovevo a *me stessa*.

Ecco perché mi girai, mi sollevai sulle punte dei piedi e gli gettai le braccia al collo. Gli affondai le dita nei capelli e lo tirai a me per baciarlo sulle labbra.

4

Axon, alloggio di Violet, Vero Beach, Florida, Terra

Dèi se era dolce. E selvaggia. Bassa com'era, si stava arrampicando su di me come una scimmia del deserto. Prima ancora che aprisse la bocca e io trovassi la sua lingua, mi aveva già avvolto le gambe attorno alla vita, le caviglie avvinghiate alla base della mia schiena. Mi aveva affondato le dita nei capelli e me li tirava, provocandomi un lieve accenno di dolore che mi attraversava arrivandomi fino al cazzo, facendolo ingrossare in proporzioni dolorose sotto il corto indumento che indossavo.

Si ritrasse per un secondo e mi guardò negli occhi. I suoi erano di un castano scuro, quasi neri, ed erano pieni di calore, desiderio, con un accenno di sorpresa e persino un po' di paura. Aveva la faccia rotonda e gli zigomi alti. La pelle pallida, il mento a punta. Ma furono le sue labbra a conquistami. Ora sapevo cosa si provasse ad averle sulle mie. Erano piene e morbide, e non vedevo l'ora che si avvolgessero attorno al mio cazzo.

La nostra compagna non era solita arrampicarsi sugli uomini. Non lo sapevo per certo ma, nel profondo, lo sapevo. Si stava comportando come una nuova compagna Viken che aveva appena ricevuto una sana dose di seme. Audace, disinibita, e smaniosa.

Mi andava benissimo.

"Ancora," disse lei sospirando contro le mie labbra; poi mi baciò di nuovo.

Ringhiai, le accarezzai la schiena, le afferrai le natiche rotonde tra le mani. Era così piccola, eppure era morbida e formosa. Potevo aggrapparmi a lei, stringerla, senza paura di farle del male. Sapeva come gestire la mia aggressività, il mio cazzo. E capii tutto questo da un bacio.

Aveva lo stesso sapore del vino di Viken. Come il dessert. Quando ispirai, qualcosa di floreale o fruttato mi riempì le narici. Il mio cervello riuscì a malapena a elaborare quel pensiero. Il mio cazzo prese il sopravvento, chiedendosi che sapore avesse o di cosa odorasse un'altra parte del suo corpo. Mi girai e mi incamminai verso il piccolo divanetto da cui ci eravamo alzati, mi abbassai per farcela sedere sopra, io in ginocchio davanti a lei. Il pavimento era ricoperto da ampie pietre quadrate e lisce, fredde sotto le mie ginocchia nude.

La Terra aveva un clima strano. Caldo e umido, ci aveva detto la Custode Egara. Era come se avessi un asciugamano bagnato addosso. Eppure dentro gli alloggi di Violet faceva freddo, e non era per niente umido. Come l'ambiente controllato che si trovava sulle corazzate.

Eppure quando le feci allargare le cosce, feci scivolare le mani sulle sue caviglie e le allargai, riuscii a sentire il calore che irradiava dal suo corpo. Lei non aveva freddo. Era calda e pronta. Per me.

Sapevo che Zen e Calder erano dietro di me, gli occhi puntati su Violet. Calder, dal Settore Uno, era quello a cui piaceva mettere in mostra la sua compagna, ma io non ero geloso. Non ora. Non se ero io a sposarle i pantaloncini per metterle la fica in mostra. Fui io ad abbassare la testa e a leccare quel dolce nettare, ad assaporarla. A farle inarcare la schiena, a farle gridare il mio nome.

Il mio nome.

Le sue mani ritrovarono i miei capelli, tirandoli, attirandomi a lei. Lo voleva. Voleva quello che potevo darle. La stoffa dei suoi pantaloncini – era lo stesso indumento terrestre che la Custode Egara ci aveva fatto comprare da un programmatore così che potessimo *mescolarci*, ma quelli di Violet erano minuti, estremamente morbidi, e zuppi. E mi frustravano, perché non mi permettevano di vedere tutta la sua fica.

Agganciai le dita attorno al bordo elastico e solleva la testa abbastanza da farli scendere fino alla vita. Per fortuna lei mi aiutò a levarseli, a ridurli un piccolo mucchietto sul pavimento. Ritornò nella stessa posizione di prima – con me in mezzo alle sue cosce burrose. La guardai, vidi i suoi occhi scuri che erano socchiusi, le labbra divise e, attraverso la sua maglietta fina, le punte dure dei suoi capezzoli. La mia compagna era eccitata quando me.

"Sei deliziosa. Ho il tuo sapore sulla lingua. Ne voglio ancora."

Le afferrai il culo e la feci muovere verso di me, allargando la lingua e leccandola con un unico lungo movimento dal culo fino alla clitoride. "Dimmi, compagna, hai mai scopato prima d'ora?"

Lei annuì e si morse il labbro.

Ripetei il movimento e vidi i suoi occhi che si chiudevano, i suoi fianchi che si muovevano sotto la mia presa.

La sua risposta mi interessava solo per capire quanto cauto dovessi essere nel darle piacere. Prima dell'abbinamento, Violet aveva vissuto la sua vita, una vita che ci aveva portati esattamente qui. Vergine o no, per me non faceva nessuna differenza. Le sua azioni passate la rendevano la persona che era, e l'avevano resa perfetta per me.

Ma io sapevo una cosa...

"Chiunque fosse, doveva essere un amante terribile, altrimenti staresti cavalcando la sua faccia, ora." Le sfiorai il clitoride con la punta del naso. Lei sussultò. "Credimi, compagna, sarai sempre soddisfatta con me. Puoi smettere di cercare."

"Di cercare qualcuno al di fuori di questa stanza," disse Calder piazzandosi alla mia sinistra. "Guardati, con le gambe aperte, vogliosa."

Pensavo che mi avrebbe afferrato la spalla per spintonarmi via dalla fica della nostra compagna, ma non lo fece. Si gettò sul divano di fianco a lei. Io non ero pronto a condividerla, allora abbassai di nuovo la testa. Il mio unico obiettivo era farla venire. Lei sussultò, stringendomi i capelli con maggiore forza.

Mentre io la leccavo, Calder le parlava. "Tu non lo sai,

ma Axon viene dal Settore Tre, dove leccare la fica è un'arte."

Sollevai la testa abbastanza per aggiungere: "Potrei stare qui la tue cosce per ore intere." Sorrisi. Ero sicuro che potesse vedere i suoi umori che mi sporcavano la bocca e il mento. Mi leccai le labbra, così da farle vedere quanto mi piacesse.

Lei gemette e io piegai il dito su quel punto spugnoso dentro di lei, il punto che la faceva sussultare, che le faceva stringere le cosce attorno alle mie orecchie, che le faceva gridare il mio nome.

"Sai perché il mio cazzo è duro?" chiese Calder, sebbene non si aspettasse veramente una risposta. Violet era sul punto di venire. "Perché io sono un membro del Settore Uno, e mi piace guardare. Vedere mentre ti contorci e implori per qualcosa di più del dito di Axon dentro la tua fichetta dolce. E, poi, toccherà a me, e mostrerò ad Axon e a Zed come sei bella mentre mi cavalchi il cazzo, come il tuo culo si allarga per me, come ti penetrerò fino in fondo."

Violet contrasse le pareti interiori della fica. Calder era proprio uno del Settore Uno. Zed si sedette dall'altra parte. Alzando lo sguardo, ma senza fermarmi, lo guardai mentre le si avvicinava all'orecchio e le diceva: "A me piace il controllo, Violet. Ti farò implorare, e ti dirò di no. Ti farò venire quando non pensi di potere. Sarai la mia compagna, e il tuo corpo sarà il mio tempo e io ne venererò ogni centimetro. Il tuo piacere sarà mio. Vieni ora. Vieni sulla faccia di Axon, oppure lo farò smettere così da poterti sculacciare per avermi disubbidito."

Violet inarcò la schiena e venne. La sua fica ondulò

attorno al mio dito e io continuai a leccarle il clitoride, quel nocciolo duro che era la fonte del suo piacere.

Sorrisi contro la sua carne tenera, darle piacere mi faceva sentire potente. Mi fermai solo quando la sua mano cadde di lato.

"Ancora," disse lei girandosi verso Zed e tirando la chiusura dei suoi pantaloni.

Le strinsi la mano attorno al culo e la tenni ferma. "Mia," ringhiai mentre il cazzo mi spruzzava la pre-eiaculazione nei pantaloni. Lo volevo dentro quella fica. Ora. E non volevo condividerla.

Zed le bloccò la mano. I loro occhi si incrociarono. "Avida, compagna?"

Lei si limitò a fare le fusa e a sorridere, lo sguardo di una donna soddisfatta. Da me.

"Con voi tre? Diamine, sì."

Restai vicino alla sua fica, ispirai il suo odore e la guardai. E Zed. Calder era calmo, e le accarezzava il braccio con le nocche in modo quasi riverente.

"Qui non comandi tu, compagna." Zed mi indicò con un cenno del capo. "Axon ti ha scopato con la sua bocca, eppure sono state le mie parole a farti venire. Il mio ordine."

Sollevò una mano e le afferrò il mento. "Dovremmo sculacciarti per averci rifiutati. Per esserti negata tutto questo. Per averlo negato a noi."

Violet abbassò gli occhi mentre lui le teneva il mento saldo tra le mani. Così remissiva. Proprio come voleva Zed. Io pensavo fosse eccitante, guardare il modo in cui lei reagiva, con lui che l'aveva toccata a malapena. Io avevo ancora il suo sapore sulla lingua, i suoi umori appiccicosi su tutta la mano.

"Compagna," disse Zed.

Lei alzò gli occhi su di lui.

"Così va meglio. Il tuo culo dovrebbe essere di un bel rosso accesso. Sei stata una ragazza cattiva, ci hai rifiutati, ti sei rifiutata di venire su Viken."

Violet si morse il labbro e gemette di nuovo.

Senza guardarmi, Zed disse: "Ha la fica bagnata?"

"Zuppa," gli dissi.

"Come pensavo. La nostra compagna vuole essere sculacciata. Mmm," disse. "Forse non è proprio una punizione, dopo tutto. Forse negarle gli orgasmi sarà un miglior deterrente. Servirà di più a ricordarle chi sono i suoi compagni."

Violet sgranò gli occhi: "Cosa? No!"

"Di cosa hai bisogno, compagna?" chiese.

"Ne voglio ancora," rispose lei immediatamente, questa volta infilando la mano sotto ai pantaloncini di Zed. Vidi la sua piccola mano che gli afferrava il cazzo.

Le strinsi le dita sul culo, arrabbiato nel vedere che era il cazzo di Zed che stringeva, dopo che ero stato io a darle un orgasmo.

Senza alzarsi, Zed si slacciò i pantaloni e se li abbassò per liberarsi il cazzo.

"Vuoi il mio cazzo?" chiese.

"Tre bonazzi alieni nel mio salotto? Vi voglio tutti e tre."

Zed gemette e poi disse: "Ringrazia Axon per averti leccato la fica."

"Grazie."

Lui le lasciò andare il mento e si mise la sua mano sul cazzo, poi la guidò per farla scivolare su e già, insegnandole quello che gli piaceva.

Gli occhi scuri di Violet incrociarono i miei.

Dèi, era bellissima. Aveva le guance arrossate a causa dell'orgasmo, gli occhi umidi, le labbra piene e rosse. Quell'orgasmo non le bastava. Ne voleva altri.

"Oh, mio Dio," disse lei chiudendo gli occhi e appoggiando la testa sul divano, come se fosse drogata.

E lo era. La pre-eiaculazione di Zed doveva esserle finita sul palmo della mano e le era penetrata nella carne. Il potere del nostro seme faceva questo effetto la prima volta.

Sapendo questo, curvai il dito che avevo ancora dentro di lei. Una volta, due, e poi lei venne.

E quando lo fece, Calder le sollevò la maglietta e le denudò i seni. Li guardò, ne afferrò uno, le pizzicò un capezzolo mentre Zed pizzicava l'altro.

I suoi umori mi inondarono il palmo della mano mentre lei continuava a venire. Per tutti noi. Odiavo doverla condividere, ma vederla così – grazie a tutti *noi* – aiutava.

————

Violet

Non credevo fosse possibile morire per un orgasmo. Il piacere era quasi troppo. Avere tutte le loro mani su di me mi fece quasi svenire. La bocca di Axon doveva essere registrata come arma di distruzione di massa. E le sue dita avevano trovato il mio punto G come se avesse una mappa. Ero stata una tale zoccola a saltargli addosso, praticamente strusciandomi contro il suo cazzo, baciandolo come un marinaio che sta per partire. *Non* era proprio da me.

Eppure sì. Eccome. Soprattutto perché mi aveva venerato la fica fino a farmi venire. E tutto quello che aveva detto Calder sul guardare... ero un'esibizionista? Con tre amanti alieni, la risposta era certamente sì. Non mi dava fastidio che Zed e Calder mi guardassero, mentre stavo praticamente cavalcando la faccia di Axon. E quando Calder mi aveva detto quelle cose, mi aveva spiegato cosa gli piaceva, mi ero bagnata ancora di più. E poi ancora di più quando Zed era diventato dispotico e autoritario.

E le sculacciate? Sì, vi prego!

Ma, in qualche modo, d'improvviso, era come se mi fossi fatta di qualche droga pesante. Il piacere che mi sommergeva era qualcosa che non avevo mai provato in vita mia. La pelle mi formicolava. La fica mi faceva male, mi gocciolava. Letteralmente. Il clitoride mi pulsava. Persino il culo, che non era mai stato coinvolto in nessun gioco sessuale, si contraeva e si sentiva vuoto. I capelli mi si erano inturgiditi fino a farmi quasi male, e quando Axon fece volteggiare magicamente la lingua e mi premette sul pungo G, mi sentivo morire. Mi si irrigidirono i muscoli, mi mancò il respiro, e poi urlai.

E poi, infine, ripresi fiato, ritrovai me stessa, ma solo un poco.

Il bisogno mi attraversò il corpo. Un desiderio così potente che potevo quasi sentirne il sapore. Era come se fossi in calore.

"Cosa. È. Successo?" chiesi digrignando i denti. Aprii gli occhi e li vidi che mi fissavano come se fossi la portata di un buffet. Axon tirò fuori le dita, se lo portò alle labbra e le pulì con la lingua.

"Ti abbiamo dimostrato cosa possiamo darti," ringhiò Zed. Avevo la mano ancora saldamente avvolta attorno al suo cazzo, ma ero venuta e mi ero completamente dimentica di continuare a masturbarlo. "Ne vuoi ancora?"

Mi leccai le labbra e annuii.

"E allora cavalcami il cazzo."

Guardai il cazzo caldo e duro che stringevo nella mano. Non riuscivo ad avvolgerlo completamente con le dita. Mossi la mano verso l'alto e vidi la vene che pulsava. Avvolsi le dita attorno alla punta ingrossata, mi leccai le labbra: chissà che sapore aveva.

"Decido io dove va il mio cazzo, compagna. E lo voglio nella tua fica."

Guardai Zed negli occhi. Era calmo, ma lo stesso riuscivo a vedere come digrignava i denti. Aveva le guance arrossate: era chiaro che si stava trattenendo. E io questo non lo volevo. Io volevo la sua voglia di dominio, la sua intensità concentrata su di me... mentre cavalcavo il suo cazzo. Se mi offriva quello che stringevo nella mano, di certo non avrei avuto nulla da ridire.

Mi misi seduta e mi sfilai la parte superiore del pigiama che cominciava a darmi fastidio e la lanciai... da qualche parte. Non mi interessava. Salii sopra a Zed per cavalcarlo e scossi i fianchi così da farlo allineare a me. Mi mise le mani sui fianchi e mi fece abbassare, lentamente. Ero così bagnata che per lui non fu un problema penetrarmi.

Sussultai, mi mossi un altro po' e finalmente poggiai le cosce sulle sue. Ce l'aveva così grosso... era difficile farmi penetrare. Farmi riempire.

I suoi occhi avvamparono.

I miei si chiusero. Ecco di nuovo quel calore, l'esplosione di desiderio. Cominciai a muovermi. Non potevo trattenermi. Aprii gli occhi e gli misi le mani sulle spalle. Mi sollevai e mi abbassai su di lui. Lo scopai. Ma non era abbastanza. Osservai il suo viso bellissimo, e solo allora mi accorsi di essere stata abbinata a lui... che lui era mio e che io stavo cavalcando il suo cazzo. Mi sporsi in avanti e lo baciai. Le nostre lingue imitarono il movimento del suo cazzo.

Anche se ero io quella che stava sopra, fu lui a dominarmi, a farmi sollevare e abbassare come più gli piaceva, a farmi muovere i fianchi. Velocemente. Lentamente. Con forza. Fino in fondo. I miei seni rimbalzarono, ondeggiarono.

"Guardala. Cazzo, è perfetta," disse Calder.

"Lo so. Aspetta di sentire che sapore ha."

Li sentii che muoversi, ma ero troppo perduta per potermene preoccupare. Fino a quando non sentii un dito sulla mia entrata posteriore.

Spalancai gli occhi e mi ritrassi sussultando dal bacio di Zed. Mi girai e vidi Calder. Un ginocchio sul divano, di fianco al mio polpaccio, e la sua mano... lì. Si era inumidito il dito con i miei stessi umori e lo stava usando per disegnare dei cerchi attorno al mio buco vergine. Contrassi la fica e Zed gemette.

"Lei è mia," disse Zed. "Ma qualunque cosa tu abbia fatto, Calder, cazzo, falla di nuovo."

Calder ridacchiò. "Oh, ne sarò ben lieto, fino a quando questo buchetto sarà tutto mio. Compagna, ti hanno mai scopata nel culo?" Disegnò un cerchio con il dito e poi provò a penetrarmi.

Scossi il capo e sentii i miei capelli che mi scivolavano sulle spalle nude.

Mi baciò la spalla, un bacio gentile. Mi leccò, assaporò la mia pelle. "Hai un ottimo sapore," mormorò.

"La sua fica è anche meglio," aggiunse Axon.

Zed mi portò la mano sul mento e mi fece voltare verso di lui. "Calder può giocare col tuo culo, ma tu devi guardarmi mentre ti scopo. Voglio vederti in faccia mentre vieni."

Mi solleva e mi abbassava, mentre Calder continuò a premere fino a quando non riuscì a penetrarmi con il suo dito. Era una sensazione meravigliosa, eccitante... era troppo, e non era abbastanza.

Scossi il capo. Tutta quell'intensità non faceva che aumentare la mia frustrazione. "Non posso... voglio..."

"Cosa?" chiese Zed, il suo respiro si era fatto affannoso.

"Non posso venire se non mi tocco il clitoride."

Zed sbuffò e sentii Calder ridere di nuovo. "Compagna. Ti giuro che verrai anche senza," mi disse digrignando i denti. "Ora."

Mi affondò le dita in mezzo alle cosce e mi martellò, una volta, due volte, e restò lì, conficcato dentro di me. Sentii la sua asta dura che si ingrossava, poi il fiotto caldo del suo seme. Gridò con forza, facendo quasi tremare le pareti. E poi successe, un'altra botta di *qualcosa* mi attraversò il sistema, come un fuoco selvaggio, che mi avvampava nella fica e mi penetrò fin dentro le ossa. Calore. Lussuria. Desiderio. Non ero me stessa. Ero sua. E lui era *mio*. Avevo la fica allargata, lo prendevo tutto. Lo reclamavo. Tutto.

Esplosi un secondo dopo lui. Senza dovermi

massaggiare il clitoride. Il sudore mi sbocciò sulla pelle e io cavalcai quel piacere così intenso. Calder mi ficcò il dito ancora più a fondo, lo ritrasse, in un movimento lento e sensuale, stimolando terminazioni nervose che non sapevo nemmeno di possedere. Non mi ero mai sentita così venendo.

"Oh, Dio," dissi gemendo e affondando le unghie nelle spalle di Zed. "Ancora. È troppo bello. Non voglio che finisca."

Godevo e basta. Venivo sollevata e spostata. I corpi si muovevano e io mi abbandonavo a loro. Qualunque cosa volessero farmi e chiunque fosse a farmela. Non mi importava. Mi bastava che fossero loro. Era come quel sogno, ma meglio.

Di gran lunga meglio.

"Non abbiamo finito, compagna," disse Calder alzandosi. Ero distesa sul divano. Calder appoggiò un ginocchio e un avambraccio sul divano, l'altro piede poggiato sul pavimento.

Il suo cazzo si infilò nella mia fica senza preliminari. Diamine, erano stati la bocca di Axon e il cazzo di Zed a ridurmi così. Il suo seme mi aveva resa unta e scivolosa, gocciolavo, e Calder mi penetrò con un unico, lungo movimento. Mi baciò con gentilezza, con dolcezza, e cominciò a scoparmi.

Gli avvolsi le gambe attorno alla vita per farmelo avvicinare il più possibile, gli affondai i talloni nelle natiche, esortandolo a scoparmi più velocemente. Ne avevo bisogno.

"Piano, compagna. Zed ti scoperà con forza, dominerà il tuo corpo, ma io voglio assaporare la tua fica... per questa volta. Sei eccitata, bramosa, e il potere del seme ti scorre nelle vene, ma ancora non sei pronta per quello che voglio fare io. Presto."

Mi scopò lentamente, schiaffeggiandomi il culo con le palle, ricordandomi di dove mi aveva infilato il dito. "Ti preparerò per bene, e solo quando mi implorerai di scoparti nel culo allora lo farò."

Alzai lo sguardo e vidi i suoi scuri. La verità dietro le sue parole. Voleva reclamare il mio culo. Quel pensiero mi fece gemere, non perché sarebbe stato troppo, ma perché lo volevo subito. Volevo tutto. Non mi importava quanto oscuro fosse, quanto perverso, quanto selvaggio.

Scopare tre uomini alla volta non era abbastanza selvaggio?

Calder si abbassò e mi afferrò il capezzolo nella bocca, e allora capii che la risposta era no.

"Non la sfiancare," disse Axon. Aprii gli occhi e lo vidi in piedi vicino al divano. Era nudo, si era tolto di dosso tutti i vestiti della Terra che si erano infilati quando erano arrivati, e aveva il cazzo in mano. Si masturbava con naturalezza, e io vidi una perla di pre-eiaculazione colare dalla punta e scivolargli sulle dita.

Mi leccai le labbra. Volevo assaporare quella goccia di fluido.

Calder mi mise la mano dietro al collo e io lo guardai. "Mia, compagna. Concentrati su di me mentre ti scopo, mentre ti faccio urlare." Si ritrasse e mi penetrò fino in fondo. I nostri corpi si toccarono, bagnati di sudore. Il profumo del sesso riempiva l'aria della stanza. Il suo corpo pesante mi schiacciava contro il divano... era il paradiso. Mi sentii piccola e femminile, protetta. E se qualcosa riusciva a superare le sue difese, ci sarebbero stati altri due enormi alieni a tenermi al sicuro.

Non osai distogliere lo sguardo. Zed era quello autoritario, Axon era quasi giocoso, ma Calder era quello più sincero dei tre.

Scopava in modo diverso da Zed, non meno bravo di lui, ma a modo suo. Non sarei durata ancora a lungo. Anche dopo tutti quegli orgasmi. Eppure venni. L'orgasmo mi colse di sorpresa, esplodendo assieme al suo seme. Mi baciò, ingoiò il mio grido, lo fece suo.

Mi scostò i capelli impiastricciati dal volto e mi sorrise. "Sei come ti ho sempre immaginata."

Si ritrasse, e un torrente di seme uscì con lui. Ero dolorante e sensibile, soddisfatta, eppure non avevo ancora finito. Il bisogno ancora ribolliva dentro di me. Calder si alzò e io vidi Axon. Aveva il cazzo rosso e duro, la pre-eiaculazione continuava a colare lungo l'asta. Aveva le palle grosse e pesanti, piene di bisogno.

Mi leccai le labbra. Sì. Lo volevo. Ora. Camminai carponi sul pavimento e mi misi in ginocchio davanti a lui. Era così alto che mi ritrovai il suo cazzo proprio di fronte alla faccia. Prima che potesse dire una sola parola, mi sporsi in avanti poggiando le mani sul pavimento e gli leccai la punta del cazzo per ripulirla da tutta quella pre-eiaculazione. Il suo sapore pungente mi esplose sulla lingua e io gemetti di piacere. Un piacere feroce ed eccitante. Ne uscì dell'altro e mi finì sulle labbra. Mi sedetti sui talloni e mi pulii con la lingua.

"Vuoi il mio cazzo, compagna?" chiese Axon. Aveva i piedi ben piantati per terra, il corpo rigido. Lo guardai, ammirai il suo fisico perfetto. Muscoloso e ben fatto. Grosso. Dappertutto.

"Sì."

"Ti piace scoparci tutti e tre, non è vero?" chiese.

Sembrava quasi sorpreso che mi piacesse. Aveva inclinato la testa da un lato, quasi come gli sfuggisse il perché. Io mi contorsi, pronta a venire di nuovo. La mia fica era vuota e io ero bisognosa. Non lo capivo; ero insaziabile.

"Hai il cazzo davanti alla mia faccia e vuoi parlare?" chiesi. "Vieni qui. Siediti. Lasciami prendere quello che voglio."

Contrasse la mascella.

"Quest'irriverenza dovrà essere punita," disse Zed.

Axon lo guardò e annuì. Sentii una mano che mi colpiva il sedere e gemetti. Il dolore non fece che eccitarmi ancora di più. Riuscivo a sentire il seme di Zed e di Calder che mi colava sulle cosce, e sapere che erano tutti e due miei mi faceva impazzire. Faceva svanire ogni timore.

Non mi ero mai sentita così potente in vita mia, così sexy. Avvolsi la mano attorno al cazzo di Axon, ed ero pronta ad implorarlo. Lo avrebbe fatto eccitare. Lo avrebbe reso felice. Volevo che perdesse la testa, che entrasse dentro di me come avevano fatto gli altri due. "Ti prego, Axon. Dammelo. Lo voglio. Te lo voglio succhiare, voglio assaporarti, voglio farti venire."

Axon gemette e mi afferrò i capelli per farmi inclinare il viso verso di lui. "Forse non voglio dominarti come fa Zed, compagna, ma ti ho fatto una domanda. E voglio una risposta."

Non osai alzare gli occhi al cielo. Che cosa mi aveva chiesto? Pensa! "Sì. Mi piace farmi scopare da tutti e tre voi," ammisi. "A chi non piacerebbe?"

"A tua sorella, per esempio. Hai detto che è su Trion. Ti garantisco che il suo compagno non permette a nessuno nemmeno di guardarla. Gli anelli e le catene che ha ai capezzoli la marchiano come sua e sua soltanto."

"Catene?" chiesi. Mindy era in catene?

"Non come pensi tu, compagna," disse Zaid. "Non adornando le loro compagne con i gioielli. Piccole catene dorate e gemme che proclamano quanto tengono alle loro compagne. A lei forse piace farsi adornare, ma a te piace farti legare."

"Che cosa vuoi, Violet della Terra?" chiese Axon.

Deglutii e gli guardai il cazzo, pensai a quello di Zed, a quello di Calder. "Non voglio scegliere. Vi voglio tutti e tre."

"Vuoi succhiarmi il cazzo?"

"Sì."

Fece un basso in avanti e mi riempì la bocca con il suo cazzo. Io la spalancai, lo leccai, lo succhiai, lo masturbai, gli poggiai le mani sulle cosce, sui muscoli duri.

"E che altro?" chiese ritraendosi e rinfilandolo, scopandomi la bocca. "Zed che gioca con la tua fichetta?"

Gemetti e Zed ubbidì, lasciandosi cadere sul pavimento di fianco a me, passandomi la mano sul ventre e infilandomela in mezzo alle cosce. Mi penetrò con le dita facendomi sobbalzare in avanti.

"Calder che gioca col tuo culo."

Guardai Axon che mi guardava mentre ingoiavo il suo cazzo. Zed mi masturbava, ma Calder non si muoveva.

Pensare a lui che giocava col mio culo mi fece contrarre la fica attorno alle dita di Zed. Zed gemette e disse a Calder: "Basta che parliamo di queste cose, e la sua fica mi ha stretto le dita come una morsa. Fallo, Calder. Per lei. Penseremo al resto più tardi. Non negarglielo."

Gemetti e Calder si sistemò vicino a me, sfiorandomi la spalla con un bacio tanto tenero da farmi dolere il cuore. Lui non voleva farlo, non voleva condividermi con gli altri, ma lo avrebbe fatto per me. Perché io avevo bisogno di loro. Di tutti e tre loro. Era passato così poco tempo che sarebbe stato impossibile per me sceglierne uno.

La mano di Calder mi scivolò sulla schiena fino a trovare la mia entrata posteriore, e cautamente – ma svelto – mi penetrò. Dentro. Fuori. Stuzzicandomi. Riempiendomi.

Zed allargò le dita nella mia fica mentre col pollice mi spalmava il suo seme sul clitoride, il cui formicolante potere mi teneva sull'orlo del baratro. Di nuovo.

Non avevo mai avuto così tanti orgasmi tutti insieme. Incredibilmente, il mio corpo sembrava pronto per averne altri. E altri. E altri ancora.

"Ora ti scoperò la bocca, mentre loro ti scopano il culo e la fica."

Sì. Sì!

Si muovevano tutti insieme e mi scopavano, mi riempivano, mi rendevano il centro della loro esistenza. Abbandonai il controllo e dissi al mio cervello di stare zitto e godere.

Calore. Corpi. Baci. Uomini. Piacere. Perché mai avevo rifiutato?

Non c'era da stupirsi se la Custode Egara mi aveva guardata come se fossi un'idiota. Chi mai poteva desiderare un unico uomo su Trion, con le catene sulle tette, quando potevo avere tre dèi del sesso alieni che non volevano far altro che farmi godere? Sembrava egoista. Troppo bello per essere vero. Ma Dio mi aiuti, non potevo resistere. Non potevo dire di no. Non volevo dire di no.

Ero esattamente dove volevo essere.

Cavalcai le loro dita, contraendo più che potevo la fica, la bocca e il culo attorno ai miei compagni, facendomi godere sempre di più. Non avevo nessuna intenzione di continuare a lottare con il mio corpo, rincorsi il mio orgasmo come fossi un cavallo da corsa a un passo dalla linea d'arrivo.

Axon venne e io ingoiai il suo seme, e così venni anche io, sussultando e gridando estasiata mentre il calore del suo seme mi investiva il sistema nervoso come una droga. Ora capivo. C'era qualcosa, nel loro seme, che mi eccitava. Che mi mandava su di giri. In estasi. Ne volevo ancora. Sapevo che ne avrei voluto sempre di più.

Quando il mio corpo smise di contrarsi, gemetti, esausta ma felice. Sazia.

"Vieni con noi, compagna," disse Zed con una voce dolce. Una domanda, non un ordine. "Dacci trenta giorni per conquistare il tuo cuore."

Volevo collassare sul pavimento, ma Axon adesso si era messo in ginocchio e mi aveva stretto tra le braccia per farmi sentire al sicuro. Ma non era l'unico. Il calore di Zed mi avvolse lo stomaco, le sue mani sui miei fianchi, un palese segno di possesso che trovavo stranamente rassicurante. L'ampio palmo di Calder mi massaggiava la schiena, confortandomi e rassicurandomi, e tutto il mio corpo si sciolse.

Uno? Solo uno di loro sarebbe stato mio?

No. Io li volevo tutti e tre. Forse loro pensavano che mi avrebbe conquistata, ma nel profondo del cuore sapevo che ora non avrei potuto abbandonarli mai più. Non se potevano aiutarmi a trovare mia sorella. Potevo avere la botte piena e la moglie ubriaca, e *non* avevo nessuna intenzione di rinunciarci. Loro erano miei. Tutti e tre loro. Avevo trenta giorni per convincerli. Era da folli, considerando che solo pochi minuti fa gli avevo sbattuto la porta in faccia.

"Trenta giorni," dissi. Avrebbero avuto una bella sorpresa. Non avrei scelto.

Per quanto questa consapevolezza mi scioccasse, non mentivo a me stessa.

Li volevo tutti e tre.

5

Z ed, Centro Elaborazione Spose Interstellari, Terra

LA NOSTRA COMPAGNA ERA ESAUSTA. Gli occhi brillanti di Violet rilucevano per le lacrime non versate, e tremava mentre ci dirigevamo verso la piattaforma di trasporto del centro elaborazione Spose Interstellari qui sulla Terra. La Custode Egara era un donna disciplinata che io rispettavo; tuttavia, non riuscii a togliermi dalla testa il fatto che quello di cui lei avesse davvero bisogno fosse un forte compagno su cui fare affidamento, qualcuno che avrebbe potuto aprirla e farla bruciare.

Così come Violet era bruciata per noi solo qualche ora prima.

Forse l'avevamo spinta troppo oltre. Non lo sapevo, ma non potevo cedere. Non ora che il mio cazzo conosceva la dolcezza della sua fica. Lei era mia, e il mio desiderio di proteggerla e di prendermi cura di lei era così potente che dovevo sforzarmi per non cominciare a tremare. Mi sentivo come un animale, fuori controllo, che operava non affidandosi alla logica, ma all'istinto. Al bisogno.

"Sei pronta, Violet? Ti porteremo su Viken Unita, a casa dei tre re. La Regina Leah, la loro compagna, viene dalla Terra. Sono sicuro che sarà contentissima di conoscerti." Axon la strinse a sé con gentilezza, una mano sulla schiena, l'altra sotto il gomito. Apparentemente, anche lui aveva notato che la spavalderia della nostra compagna nascondeva i tremori del suo corpo satollo.

"Va bene."

Sia Calder che Axon facevano parte della guardia reale. Io venivo dalle lande ghiacciate del nord, dove ero a guardia del sistema di comunicazione di Viken, proteggendolo dai Separatisi che volevano ritirarsi dalla Coalizione Interstellare e ritornare alle vecchie usanze, alle guerre tribali. Tre settori del pianeta, ciascuno controllato da una delle tre fazioni, che si fanno la guerra invece di unirsi come erano ora. I tre re, separati alla nascita e spediti a vivere ognuno nel proprio settore, erano stati riuniti dall'arrivo della loro compagna. La Regina Leah era presto rimasta incinta e ora la Principessa Allayna era l'unica che poteva veramente unire il pianeta. Lei non veniva da nessun settore. Era Viken e Viken soltanto. Anche se era poco più che una bambina, lei rappresentava il futuro – a meno che il Separatisti non riuscissero a portare a termine il loro piano.

Ma quella non era l'unica minaccia. Molti volevano ficcare la testa sotto la sabbia e far finta che lo Sciame non esistesse, anche se c'erano migliaia di volontari che si univano alla Coalizione e poi facevano ritorno, proprio come noi, sapendo la verità, sapendo che il pericolo era là fuori. Che la distruzione era una possibilità concreta.

C'erano troppi guerrieri come me che avevano visto lo Sciame da vicino. Che lo avevano combattuto. Che avevano compreso quando orribile sarebbe stata la loro conquista. Non eravamo da soli nella galassia, e i membri degli SV, dei Separatisti Viken, erano intrappolati in modo di pensare antico.

Come me, in un certo senso. Io non desideravo la violenza, ma desideravo che Violet fosse mia e mia soltanto. Ma ora temevo che ciò non sarebbe successo, che lei forse avrebbe scelto uno degli altri due.

Axon e Violet erano in piedi sulla piattaforma di trasporto e mi guardarono. Salii e mi posizionai di fianco a loro. Quando la piccola mano della mia compagna si infilò nella mia, il mio corpo rispose scaldandosi. E addolorandosi. Un dolore agrodolce.

Avevo aspettato così a lungo per trovare una compagna, e ora forse potevo perderla a causa di uno dei guerrieri qui con me.

"Promettetemi che mi porterete da mia sorella." Violet mi guardò negli occhi; ma poi si spostò per rivolgere lo stesso sguardo esigente sia ad Axon che a Calder. "Promettetemelo. Tutti e tre."

"Hai la mia parola, compagna," giurai io chinandomi per darle un bacio sulla testa. Lei mi strinse la mano e si appoggiò a me, giusto per un momento, ma bastò, e quel piccolo segno di accettazione mi riempì di gioia. Aveva bisogno di me.

Axon giurò come avevo fatto io, ma Calder restò in silenzio. E lui non era salito sulla piattaforma di trasporto. Lo guardammo. Era in piedi vicino alla soglia. La Custode Egara gli disse:

"C'è qualche problema, Calder?" Aveva le braccia conserte sul petto. Sollevò un sopracciglio.

"Sì," disse Calder alla custode, ma senza smettere di guardare Violet negli occhi. "La mia compagna si preoccupa per sua sorella. Non sono mai state separate, non prima dell'abbinamento. E io non posso fare promesse se non so esattamente dove si trova sua sorella. Trio è un pianeta enorme, e a me non piace perdere tempo."

La custode cominciò a tamburellare il piede sul pavimento, ma la curva della sua bocca diceva a tutti che era ben lungi dall'essersi arrabbiata. "E che cosa proponi, Calder? Se mi stai chiedendo informazioni sull'esatta posizione di una sposa, sappi che ciò va contro il protocollo. Tu non fai parte della sua famiglia."

Calder si girò verso di lei. "Non sono d'accordo. Sono suo cognato."

La custode non distolse lo sguardo. "Non ancora. Signorina Nichols, ecco, la signorina Violet Nichols ha trenta giorni per determinare chi di voi – se non tutti voi – sia il suo compagno. E siccome tu più di tutti vuoi che lei rinunci a un abbinamento perfetto per scegliere solo uno di voi tre, sicuramente non fai parte della famiglia della signorina Nichols. Calder, sei un uomo egoista. Pensi solo ai tuoi bisogni."

La pelle chiara di Calder arrossì e io capii che la piccola terrestre l'aveva spinto troppo in là. Di fianco a me, sentii Violet sussultare, ma lo sguardò di Axon si indurì – e non stava guardando la custode, ma Calder. Apparentemente, Axon era d'accordo con lei. Quando eravamo nell'appartamento, aveva detto chiaro e tondo che non era contrario all'idea di condividere la sua compagna.

Io ero avido, comprendevo il desiderio di Calder. Ma il nostro prima incontro mi aveva scosso nel profondo. Avevo scoperto una soddisfazione e un piacere profondi nel dirigere il tocco degli altri due, nel farla venire. Nel guardare il suo corpo che pulsava, i suoi occhi che brillavano di desiderio, ascoltare i suoi soffici gemiti di piacere mi aveva fatto quasi uscire fuori di testa.

Amavo tutta quella lussuria. Amavo guardare Violet che si contorceva e implorava e veniva sul cazzo di Calder. E sul mio. Quando Axon l'aveva fatta distendere e le aveva dato piacere con la bocca, ce lo avevo avuto duro come la pietra. Il modo in cui lui le aveva riempito la bocca con il suo seme, come lei lo aveva ingoiato tutto. Amavo vedere la sua bocca che si inarcava mentre avevo il cazzo infilato a fondo dentro di lei e Calder giocava col suo culo. Tutto. Stranamente, non mi sentivo possessivo solo nei suoi confronti, ma nei confronti di tutti e tre.

Come se anche loro fossero miei.

La mia famiglia.

Dovevo proteggerla.

Era una sensazione che mi metteva a disagio. Non mi ero mai innamorato di uomo, né ne amavo uno ora. Non avevo mai desiderato toccare o baciarne uno. Ma questo era diverso. Noi non ci scopavamo l'un l'altro, noi ci scopavamo Violet. Qui non si trattava di noi... ma di *lei*.

La nostra compagna era un'amante passionevole. Generosa. Aperta.

La nostra compagna.

Mi accorsi che avevo cominciato a vederla così dopo che l'avevamo condivisa. Nostra.

Avere due poderosi guerrieri che mi aiutavano ad assicurare la sua felicità, il suo piacere, la sua sicurezza? D'improvviso, riuscivo a immaginarmi tale scenario. Per la prima volta in vita mia, comprendevo la mancanza di gelosia che avevo visto non so quante volte nei tre Re e in tutti gli altri guerrieri che condividevano la loro compagna.

A nord, nel CIQ, conoscevo Evon, un amico dal Settore Due, che condivideva la propria compagna con altri e due guerrieri, Liam e Rager. E anche Bella, la loro compagna, veniva dalla Terra.

Erano mesi che li vedevo, che li vedevo e li invidiavo, invidiavo lo sguardo che Bella aveva negli occhi ogni volta che i suoi compagni entravano nella stanza.

Fiducia. Amore. Accettazione. Desiderio. Non c'era dubbio che lei fosse più che soddisfatta. Amata. Ed era perché aveva tre compagni che si prendevano cura di lei.

Nessuna donna mi aveva mai guardato a quel modo, non fino ad oggi.

Non prima di Violet.

E se rifiutare di condividerla voleva dire rinunciare a lei? Beh, Calder avrebbe avuto un brusco risveglio. Se dovevo stringere un patto con Axon, l'avrei fatto.

Non volevo rinunciare a lei. Né avrei permesso a Calder di continuare a discutere con la custode. "Che cosa stai facendo, Calder?"

Il guerriero si voltò verso di me e sollevò la mano rifiutandosi di rispondere. Invece, si avvicinò a Violet e si inginocchiò ai suoi piedi. "Violet, compagna, capisco l'importanza della famiglia. So quanto possa essere profondo il dolore della perdita. Permettimi di rassicurarti."

Violet mi strinse la mano con forza e io resta in silenzio, volevo vedere dove volesse andare a parare. "Che intendi? Posso parlare con Mindy? Ora? Qui?"

Calder si girò per parlare alla custode. "A nome della mia compagna, faccio richiesta formale di entrare in contatto con Trion e la sposa, Mindy Nichols, per assicurarmi che sia sana e salva prima del nostro viaggio verso Viken."

La custode guardò Calder e poi Violet. "Vuole questo, signorina Nichols? Lei è l'unico membro della sua famiglia, e solo lei può effettuare questa richiesta."

Violet si divincolò da noi, scese dalla piattaforma e si piazzò davanti alla custode mentre Calder si alzava in piedi. Vedendo Violet così eccitata, Axon diede una pacca sulle spalle a Calder per ringraziarlo. Io restai in silenzio, limitandomi ad annuire per riconoscere che Calder si era comportato nel modo più opportuno. Ora Violet avrebbe ottenuto quello che voleva, e ancor prima di partire per Viken. Non avrebbe avuto più dubbi, avrebbe capito che le nostre intenzioni erano onorevoli, che l'avremmo sempre messa prima di tutto e di tutti. Qualunque cosa sarebbe successa su Viken sarebbe rimasta tra noi quattro.

E allora mi chiesi: perché non avevo agito come Calder?

Forse ero troppo freddo? Troppo distaccato dall'idea dell'amore, dell'essere amato? Avevo passato troppo tempo senza una famiglia? Senza speranza? Il mio cuore si era ghiacciato, come le montagne attorno al CIQ?

"Sì, certo che lo voglio. Voglio parlare con Mindy."

"Ottimo." La Custode Egara ci guardò tutti e tre, uno dopo l'altro, e poi guardò Violet. "Venga, signorina Nichols. Contatteremo Trion e aspetteremo notizie di sua sorella. Potrebbero volerci diversi minuti, oppure delle ore. Forse è in viaggio."

"Aspetterò," insistette Violet strofinandosi le mani eccitata. "Non importa quanto tempo ci vuole."

"Ottimo." La custode si girò verso lo schermo e inserì una serie di dati che io non potevo vedere. Quando mi schiarii la gola, la custode alzò la testa e ci disse: "Adesso lei può parlare con sua sorella, ma invierò le esatte coordinate di Mindy alla Regina di Viken. Una volta che la vostra compagna avrà scelto uno di voi, la regina le fornirà le coordinate di Trion."

"Capito. Grazie." Axon fece un leggero inchino, ma io non riuscivo a muovermi. D'improvviso la paura mi aveva gelato: forse, con questa manovra, Calder era già riuscito a conquistare il cuore della nostra compagna. Violet era contentissima.

Ma non dovemmo aspettare per ore: nel giro di un paio di secondi, lo schermo si accese rivelando l'immagine di una donna che era quasi identica a Violet, eppure... diversa. Notai delle differenze quasi impercettibili – il suo portamento, la lunghezza dei suoi capelli, una piccola cicatrice sulla fronte.

"Violet? Oh, mio Dio! Ma sei tu?" La donna dall'altra parte dello schermo urlava con un abbandono completo. I capelli sciolti erano un flebile bagliore che le cadeva sulle spalle nude. Il suo corpo era adornato da soffice seta, e le catene del suo compagno erano chiaramente visibili sotto il tessuto leggero. Aveva un sorriso luminoso.

Il suo sguardo non nascondeva nulla. Mindy era priva di inibizioni. Selvaggia.

"Mindy?" Violet si avvicinò allo schermo. "Sì, sono io. Stai bene? Ero così preoccupata..."

L'altra donna si mise a ridere come se non avesse un solo pensiero per la testa. Nessun rimorso. Nessun senso di colpa. Nessuna preoccupazione per Violet, per quello che le aveva fatto passare. Gli occhi della mia compagna erano pieni di dolore, aveva le spalle rigide, e mi venne voglia di mettermi Mindy in grembo e di sculacciarla fino a farle diventare il culo rosso. Gli occhi di Mindy si riempirono di lacrime, ma lei deglutì con forza per rinnegare l'angoscia. Per rifiutarsi di sentirle. Per rifiutarsi di farle scorrere.

E tutt'insieme vidi quanto fossero diverse. La sorella di Violet era generosa ed emotiva. Viveva ovviamente nel momento, aveva poco autocontrollo e si sentiva al sicuro e protetta con un guerriero a prendersi cura di lei. La donna perfetta per gli uomini iper-possessivi e autoritari di Trion. E, a giudicare dalla sottile catena che le attraversava i capezzoli, era già stata reclamata. Non avrebbe rifiutato il so compagno ma, se lo avesse fatto, sarebbe rimasta su Trion, passando da un compagno all'altro fino a quando non sarebbe stata soddisfatta. Non avrebbe fatto ritorno sulla Terra come sperava Violet.

"Violet, mi dispiace, ma dovevo andarmene. Dopo che Josh mi ha mollata, non ce la facevo proprio più. Qui sto benissimo. Goran è fantastico." Alzò gli occhi al cielo e sorrise come in preda al delirio. "Penso di amarlo, Violet. Sono qui solo da un paio di giorni, ma lui è... fantastico. Questo posto è fantastico. Siamo andati in questo avamposto. È come il deserto, ma ci sono due soli e... Dio, Violet. Dovresti farti sposa. È la cosa migliore del mondo."

"Un paio di *giorni*?" Violet ascoltò sua sorella vomitare parole su parole, fece un respiro profondo, strinse gli occhi e si irrigidì. Chiuse i pugni con forza e le sue guance si arrossarono – e non per l'eccitazione. La conoscevo solamente da qualche ora, ma era ovvio che era arrabbiata. Furiosa. Voleva andare da sua sorella a tutti i costi, voleva vederla, parlarle, assicurarsi che stesse bene. E ora l'aveva fatto, e per fortuna che si trovavano ad anni luce l'una dall'altra.

6

*V*iolet, *Centro Elaborazione Spose Interstellari, Terra*

"MINDY, TACI." Ogni mia parola fu come una frustrata, ma non mi importava. Ero così arrabbiata. Così arrabbiata che quasi non riuscivo a pensare. Come osava parlare di questo ridicolo avamposto e di darsi da fare col suo uomo su un'oasi e di quanto fosse felice? Mi sarei aspettata che da un momento all'altro spuntassero fuori scoiattoli e uccellini, come in un film Disney.

Mindy spalancò la bocca, poi la chiuse facendo scattare la mascella.

"Che cosa avevamo detto riguardo il dirci sempre l'un l'altra quello che stavamo facendo?" le chiesi.

Mindy tirò su col naso e continuò a guardarmi negli occhi. Dio, ero contentissima di vedere che stesse bene. E ora che lo sapevo, volevo prenderla a schiaffi. Io non ero un tipo violento, ma ero così furiosa che stavo avendo problemi a respirare.

"Ti ho mandato un messaggio."

Ora toccava a me spalancare la bocca, incredula. "Mi stai mandando fuori di testa. Un messaggio va bene se sei al supermercato e devi chiedermi se abbiamo finito il latte. Un messaggio va bene per dirmi che sei da una tua amica e che tornerai a casa tardi. Diamine, un messaggio va bene per farmi sapere il nome e l'indirizzo del tizio che hai rimorchiato al bar."

Mindy si sporse in avanti, come se fossimo sole. Non sapeva chi ci fosse qui con me dall'altra parte dello schermo. "Violet, shhh. Lui potrebbe sentirci."

"Cosa? Che non eri vergine? Sono certo che se ne sia accorto da solo."

Mindy era sempre stata piuttosto... libertina. Offriva il proprio corpo agli uomini. Io non avevo nessunissimo problema con ciò, fino a quando si comportava in modo responsabile. Le donne potevano fare sesso senza nessun coinvolgimento emotivo, proprio come i ragazzi. Passare la notte a casa di qualcuno e non parlarci mai più. Non c'era niente di sbagliato e io non avevo mai giudicato mia sorella. Ma io non ero come lei. Io ero il tipo di donna a cui piace legarsi, e non riuscivo a fare sesso senza amore. Avevo avuto dei fidanzati. Relazioni durate poco, ma monogame, e significative.

Fino ad ora. Ora sfidavo qualunque cosa avesse mai fatto Mindy in vita sua. Avevo fatto entrare tre sconosciuti – tre *alieni* sconosciuti – nel mio appartamento e nel giro di pochi minuti avevo fatto sesso con loro. E non era stato del semplice sesso. Era stata una vera e propria *scopata*. Una scopata selvaggia, eccitante.

Ma Axon, Zed e Calder erano diversi. Erano stati abbinati a me e già quello bastava da solo a farmi sentire attratta da loro. In qualche modo sapevo che loro erano miei, che non mi avrebbero fatto del male e che mi avrebbero dato esattamente quello che volevo. No: quello di cui avevo bisogno.

La fica mi faceva ancora male, i cazzi di Zed e Calder erano enormi. E allo stesso modo avevo la mascella indolenzita. E il culo rilassato. Persino ora, mentre ero in piedi nel centro spose, ne volevo di più.

Il clitoride mi pulsava: aveva bisogno di godere. I capezzoli sensibili si inturgidirono strofinandosi contro il reggiseno. Ero una drogata, avevo bisogno della mia dose.

Mindy era così con il suo compagno? Vidi che indossava un vestito semplice e leggero che non lasciava niente all'immaginazione e anche se si trovava dall'altra parte dell'universo riuscivo a vederle i capezzoli, gli anelli che li trafiggevano e la catena di cui mi avevano parlato i miei uomini.

Volevo saperne di più, volevo saperne di più del suo compagno, ma non era questo il momento.

Ero troppo arrabbiata per parlare di questo genere di cose. Aveva bisogno di una bella batosta verbale, ed era esattamente quello che avevo intenzione di darle.

"Non ci sono segreti tra Goran e me," rispose lei.

Mi misi le mani sui fianchi. "Gli hai detto che ti sei offerta volontaria e che hai abbandonato la tua unica sorella con un sms?"

Arrossì.

"Glielo hai detto quanto poco io significhi per te?"

Le lacrime mi occlusero la gola, e il dolore riaffiorò.

L'espressione di Mindy si ammorbidì. "Tu sei tutto per me!"

"E allora perché mi hai trattata come una merda?" le chiesi. "Sono settimana che mi preoccupo da morire, Mindy. Otto settimane!"

Si accigliò. "Sono qui da solo due giorni. Non capisco."

La custode si schiarì la gola. "Il tempo su Trion passa in modo leggermente diverso rispetto alla Terra. E su Viken. Mi dispiace, signore ma, stando ai miei calcoli, un giorno su Trion equivale a quattro o cinque settimane qui sulla Terra."

"Cosa?" Stavo urlando? O urlai solamente nella mia testa?

Mindy, con una sua reazione tipica, si agitò la mano davanti alla faccia per scacciare via quello che non considerava degno di attenzione. "Senti, Violet. Qui non si tratta di te, ma di me. Dopo che Josh mi aveva scaricata, avevo bisogno di un cambiamento radicale. Sulla Terra non c'era più niente per me."

Feci un passo indietro, come se mi avessero appena dato un pugno, e andai a sbattere contro un corpo solido. Grosso, alto, caldo. Una mano mi si poggiò sulla spalla per confortarmi. "Non c'era più niente? Quindi io sono niente?"

"Chi è quello?" chiese Mindy sgranando gli occhi.

Non sapevo quale dei miei compagni fosse dietro di me. Mi girai.

"Calder." Non avevo intenzione di dirle altro. Non si era guadagnata il diritto di ricevere delle spiegazioni, dopo quello che mi aveva detto.

Mindy sollevò una mano. "Un momento. Un

momento! Come hai fatto a contattarmi?" Riuscivo a vedere il suo cervello che si metteva al lavoro. "Non sei a Vero Beach. Sei al Centro Elaborazione Spose. Perché?"

"Per poter parlare con te."

Scosse il capo e i suoi capelli neri le scivolarono sulle spalle nude.

"No. Non ti avrebbero permessa di entrare e di chiamarmi. Che sta succedendo?"

Cacciai un respiro profondo. "Mindy, io sono quasi impazzita per la preoccupazione. Mi hai lasciata quasi due mesi fa, senza nemmeno mezza parola."

"Mi dispiace."

"Ah, sì?" le chiesi. "Non mi sembri dispiaciuta. Non dormo da settimane, e tu giochi all'allegra famigliola con un alieno."

"Non sto giocando. Mi sto innamorando di lui. E, Dio, se ci sa fare a letto. Penso di aver avuto quattro orgasmi nel giro di un'ora e –"

"Sta' zitta. Sta' zitta, cazzo." Io di solito non imprecavo, ma questo era veramente il momento giusto per farlo. "Non ci credo..."

Mindy sospirò e inclinò il capo da un lato, come faceva sempre quando voleva cercare di calmarmi e usare il nostro legame di gemelle contro di me. Funzionava sempre. La perdonavo sempre, non importava quali assurde stronzate combinava. Ma ora? No, questo era troppo.

"Mi dispiace. Avrei dovuto dirtelo di persona. Ma non mi avrei lasciata andare, non mi avrei permesso di sottopormi ai test. Avevo bisogno di andare, di trovare il mio compagno. Ero stufa dei perdenti come Josh, e non volevo aspettare di trovarne un altro, e poi un altro ancora. Io volevo *lui*, l'Unico uomo per me. Sarebbe stato troppo difficile dirti addio."

Gli occhi le si riempirono di lacrime. Tutto quello che aveva detto era vero. Aveva frequentato una sfilza infinita di perdenti. Forse se l'era spassata, ma tutto lì. Nessuna connessione. Niente amore. Un mucchio di stronzi. Forse aveva incontrato uno o due ragazzi decenti, ma mai quello giusto.

Ora sapevo che il test funzionava alla grande, e che se aveva col suo compagno la stessa compatibilità che io avevo con Axon, Zed e Calder, allora ora era veramente, veramente felice.

"Sarei venuta con te," le dissi.

Tirò su col naso. "Veramente? Violet, sei perfetta. La tua vita è perfetta. Siamo gemelle, e tu sono anni che ti prendi cura di me. Rispetto a te, io sono un completo disastro."

Scossi il capo. "Non dire queste cose. Non mi piace."

"Neanche a me." Una voce profonda echeggiò attraverso il display e Mindy spalancò gli occhi. All'inizio, sembrò quasi andare nel panico, ma poi sorrise. In modo brillante.

"Padrone, vieni, vorrei farti conoscere mia sorella."

Un uomo enorme si mise in piedi di dietro di lei. Indossava un armatura ricoperta da una tunica svolazzante, sembrava appartenesse a una tribù del deserto. La spada che portava al fianco sembrava letale, ma sapevo che la vera minaccia era rappresentata dall'arma che portava dall'altro lato. Una specie di pistola, ma tutta d'argento. Una pistola aliena. Sembrava pronto ad andare in guerra, e ciò mi innervosì.

Ma Mindy lo guardava come se lui fosse tutto il suo

mondo. Non l'avevo mai vista guardare nessuno a quel mondo, e qualcosa dentro di me la perdonò, giusto un po'. Non l'avevo mai vista così felice. Questo tizio, il *padrone* di mia sorella, era alto e bellissimo, i capelli che gli arrivavano alle spalle, la mascella imbrunita da una leggera peluria. Sembrava... un pirata o un sultano. Avvolse il braccio attorno alla vita di Mindy, abbastanza in alto da far poggiare il seno di lei sul proprio avambraccio. Un chiaro segno di possesso. L'aveva veramente chiamato *Padrone*?

"Sì, mi piacerebbe, ma ti ho detto cosa sarebbe successo se avessi parlato di in termini negativi, non è vero?"

Mindy sembrò contrita, quasi vergognandosi. Ma io conoscevo mia sorella. Non aveva paura. Lo sguardo nei suoi occhi era... bramoso? Questo tizio l'aveva messa in ginocchio? "Hai detto che mi avresti punita."

"Esattamente. Dopo aver conosciuto tua sorella, ti sculaccerò per bene, e poi ti scoperò."

Sembrava Zed, e allora mi chiesi se tutti i bonazzi dello spazio fossero così autoritari. Ma io sapevo – dopotutto eravamo gemelle identiche – che Mindy aveva bisogno di un compagno che non si sarebbe fatto mettere i piedi in testa. E a giudicare dal modo in cui i suoi occhi si illuminarono, sembrava che quello fosse esattamente ciò di cui aveva bisogno.

"Sì, Padrone." Le guance di Mindy arrossirono, forse un misto di preoccupazione per le sculacciate e di desiderio per la scopata. Una sensazione che conoscevo.

Si schiarì la gola. "Violet, lui è il Generale Goran di Trion, il mio compagno." Sorrise brillantemente e lo guardò. Sembrava felice. Eccitata. Innamorata. Il termine

Padrone era un chiaro indicatore del suo possesso, e lei sembrava prosperare sotto le sue cure.

Io ero felice per loro, bramavo quella stessa felicità. Volevo averla anche io.

"Salve, sorella della mia compagna." Mi studiò attraverso il display e sentii la mano di Calder che mi strizzava la spalla. "È notevole: sei identica a Mindy. Ma ci sono delle differenze."

Che cosa potevo dire? *Piacere di conoscerti? Hai visto i Marlins ieri sera?* Non veniva dalla Terra, e l'unica cosa che avevamo in comune era Mindy. Diamine, non si trovavano nemmeno sulla Terra. Stavo parlando con loro e loro erano lontani anni luce. Erano su Trion.

E d'improvviso seppi esattamente quello che volevo dire a quest'uomo che aveva preso il mio posto. "Farai meglio a prenderti cura di mia sorella, oppure ti vengo a cercare."

Lui ridacchiò di fronte alla mia minaccia, per niente intimidito. "Vedo che anche tu hai lo stesso fuoco di tua sorella." Guardò Calder. "Ti piacerà domarla, guerriero."

L'intero scambio di battute mi fece arrabbiare. Non potevo essere arrabbiata con Mindy, non più. Ma ero *ancora* incavolata, e la mia furia ora aveva una nuova valvola di sfogo. "Sono seria, Generale. Se fai del male a mia sorella, ti uccido con le mie mani."

La Custode Egra sussultò. "Signorina Nichols, lei sta minacciando un —"

Non ebbe modo di finire la frase. Goran sollevò una mano e persino la custode reagì alla sua autorità e si zittì. "Sei la benvenuta su Trion, sorella. Mindy è mia, e ti assicuro che mi prenderò cura di lei, la proteggerò e la amerò come qualunque compagno deve fare. Non devi preoccuparti." Sorrise, e io allora capii esattamente perché mia sorella lo guardasse come se fosse il centro dell'universo. Era bellissimo. "E ammiro il tuo spirito selvaggio, Violet. È qualcosa che hai in comune con tua sorella. La sua passione e la sua lealtà sono solo due delle tante cose che me la fanno amare."

Mindy arrossì, chiaramente compiaciuta. Dovevo ammetterlo: non c'erano molti uomini che erano in grado di dire chiaro e tondo che amavano una donna. Soprattutto non di fronte a dei guerrieri che lui non conosceva.

Sospirai sonoramente. "Mindy. Non so cosa dire."

"Violet, davvero mi avresti lasciata andare?"

Distolsi lo sguardo. Ero così arrabbiata con lei per essersene andata che non avevo pensato a come avrei reagito se me lo avesse detto in faccia. Le avrei permesso di lasciare l'appartamento? Mi sarei messa a ridere, le avrei detto che era pazza, che doveva solo aspettare di incontrare la persona giusta. Ma ora, vederla così felice con il suo alieno Trion, dovetti chiedermi se sarei stata mai in grado di impedirle di avere quello che veramente desiderava. No, di cui aveva bisogno.

"Ti avrei rinchiusa nel nostro appartamento, ti avrei fatta ubriacare col tuo vino preferito e ti avrei rimpinzata di gelato fino a farti promettere che non mi avresti mai abbandonata."

Mindy sorrise. "Esattamente." Guardò Calder, sempre tenendo la mano avvolta attorno al polso del suo compagno, e io ero abbastanza sicura che lei non si fosse accorta del modo in cui gli stava accarezzando l'avambraccio con la punta delle dita.

"Ma ora tu hai un compagno tutto tuo. Un Viken,

vero?" disse Goran guardando la mano sulla mia spalla, guardando Calder.

Mindy spalancò gli occhi. "Cosa?" gridò. "Ecco perché sei al centro spose, perché anche tu ti sei fatta abbinare! Un momento." Sollevò la mano, il gesto che faceva di solito per prendersi un momento per pensare. "Perché il tuo compagno si trova *lì*?"

Zed e Axon si fecero avanti e io mi ritrovai pressata tra i miei tre compagni.

Mindy spalancò la bocca e li fissò. Li fissò e basta.

"Calder non è il suo unico compagno," disse Axon. "Io sono il suo compagno, Axon di Viken."

"E anche io." Zed inclinò il mento verso il guerriero alieno. "Guardia Reale di Viken. Mi chiamo Zed. Violet è la mia compagna."

Mindy strillò e alzò le braccia sopra la testa, come se fosse il guardalinee che chiama un fuorigioco. Io ero abituata a quel gesto, ma il suo compagno la guardò sgranando gli occhi, e i miei compagni si sorpresero.

"Tre compagni? Così si fa, ragazza! Devi dirmi tutto. Voglio dire, sono in Florida! E sono tre! Viken. Wow. Ho sentito dire delle cose... davvero piccanti sul loro conto. Avete già... voglio dire..."

"Compagna, calmati," disse Goran con serietà, sebbene riuscissi a vedere che la sua bocca aveva accennato a un sorriso.

"Sì, sono dei Viken. E sì, sono tre. Sono qui perché io avevo bisogno di... non potevo andarmene senza aver parlato con te." Non avevo intenzione di dirle che avevo rifiutato l'abbinamento. Non con loro al mio fianco, e specie con la Custode Egara qui con noi, che aveva avuto ragione fin dall'inizio. Non sapevo cosa mi sarei persa.

Guardai la custode. Anche se mi stava guardando, non aveva negli occhi l'espressione di chi dice *te l'avevo detto*. Sembrava compiaciuta. "Ma ora vado su Viken, non appena abbiamo finito qui."

"E quini sei stata rivendicata!" Mindy applaudì gioiosamente.

Scossi il capo. Non le avrei detto che si trattava di scopare tre uomini tutti insieme. Era troppo imbarazzante.

"Ha trenta giorni per prendere una decisione," disse Zed. "Durante quel periodo di tempo, imparerà a conoscere i propri compagni e il suo nuovo pianeta."

"È la legge, fratelli." Goran annuì e Mindy si strinse nel suo abbraccio, come se fosse stato con lui da anni. "E siccome lei ora è mia sorella, dovreste sapere che formalmente è sotto la mia protezione."

Mi accigliai. Cosa? Fino a cinque minuti fa non sapeva nemmeno che esistevo.

Calder mi strinse la spalla. "Te lo assicuro, Generale Goran, ci prenderemo cura di lei come si deve. La terremo al sicuro. Abbiamo trenta giorni, e li utilizzeremo saggiamente."

"Staremo con lei per tutto il tempo," aggiunse Zed.

"Staremo dentro di lei per tutto il tempo," chiarì Axon facendo ridere Goran e arrossire Mindy. Lei mi guardò negli occhi, e il suo sguardo da *Porca Puttana, Sorellona* era pieno di felicità per me e di soddisfazione per lei stessa.

Arrossii avvampando così intensamente che temetti di prendere fuoco. Le loro parole possessive erano imbarazzanti, ma mi eccitavano in modo ridicolo. Quale terrestre era in grado di essere così sfacciato... e interessato?

Mindy si limitò a sorridere e ad ammiccare scuotendo le sopracciglia.

"Benissimo. Tra poche ore dobbiamo partire per partecipare al meeting dell'Alto Consiglio, nell'Avamposto numero Due. Lì presenterò la mia compagna a tutti gli altri. Non preoccuparti di tua sorella, Violet, è al sicuro. E quando il meeting sarà finito, darò la caccia a chi la minacciata." Goran si sporse in avanti e baciò Mindy sul collo. "E tu sei la benvenuta a casa nostra. Guerrieri, vi prego di venire a visitare la nostra casa dopo aver reclamato la vostra compagna. Vi aspettiamo a braccia aperte."

Goran si rivolse ai miei tre compagni, non a me. Ma io dello spazio non ne sapevo assolutamente niente, non avevo idea di come raggiungere Trion, e quindi aveva senso. Avevo come la sensazione che, siccome stavo lasciando la Terra, avrei dovuto abituarmi a farmi guidare a questi maschi autoritari.

"Vieni a visitarci, Violet," mi implorò Mindy. "Ti prego, vieni."

"Verrà," rispose Zed con una voce oscura come quella che aveva usato nel mio appartamento quando era dentro di me. "Te lo garantisco."

Lo guardai, basita dal doppio senso.

"O possiamo venire noi a visitare voi. Possiamo, Padrone? Sarei felicissima di visitare mia sorella."

Goran la guardò e nei suoi occhi scorsi una cosa che mi fece rilassare completamente. Amore. Devozione. Completo e totale possesso.

Quello era uno sguardo che si vedeva solo nei film. "Prima devo dare la caccia ai ribelli. Distruggere coloro i quali hanno osato minacciarti. Una volta che mi sarò occupato di loro, andremo a trovare tua sorella."

Zed si irrigidì e io risposi automaticamente afferrandogli la mano. "Che ribelli? Non porterò la mia compagna su Trion se è pericoloso."

Goran alzò il viso e il suo sguardo si indurì all'istante. "Hanno minacciato la mia compagna. Me ne occuperò io."

Quelle parole mi fecero andare il cuore a mille. Zed si rilassò, e non capii perché. Qualcuno aveva minacciato Mindy? E ciò aveva *tranquillizzato* Zed? C'era qualcosa che non capivo? "Capito, fratello. Buona caccia."

Il Trion annuì, e tra loro ci fu una specie di silenziosa comprensione.

Guardai Zed per capire cosa diavolo fosse appena successo, ma lui non stava guardando me. Annuì in direzione della Custode Egara. "Saluta, Violet."

"Ciao, Mindy. Ci vediamo presto."

"Ciao, Violet. Ti voglio –"

La trasmissione si interruppe.

Mi allontanai da Calder, dai miei tre compagni, girai i tacchi e incrociai le braccia. "Non capisco. Che cosa è successo? Mindy è in pericolo. Dobbiamo andare su Trion."

Zed sollevò un sopracciglio, ma i suoi occhi erano freddi come il ghiaccio. "Non è in pericolo, Violet."

Frustrata, mi misi le mani sui fianchi e guardai i miei tre uomini. "Come fai a dirlo? Goran ha appena detto che qualcuno l'ha minacciata!"

"Esattamente, compagna." Axon ridacchiò. "Che cosa pensi che faremo noi se qualcuno ti minacciasse?"

Esitai. "Non ne ho idea." Ed era così. Li conoscevo solamente da poche ore.

Calder, che era rimasto perlopiù in silenzio, rispose: "Chiunque ti minaccia muore una morte orribile, compagna."

"Cosa?" Aveva veramente detto quello che pensavo avesse detto? Nello spazio le leggi erano diverse? Perché qui, sulla Terra, uccidere qualcuno per aver detto una stupidaggine si chiamava omicidio. Bastava la minaccia per farti finire in prigione. "Non puoi uccidere le persone per aver detto qualcosa di stupido. Non ce le avete le prigioni, su Viken?"

Zed si immobilizzò, come un predatore. "Una compagna è una cosa sacra, Violet."

Ma... quello era... mi girai verso Axon, convinta che lui fosse quello ragionevole qui. "Axon?"

I suoi occhi verdi erano seri e severi. Troppo seri. "Qualunque minaccia verrà eliminata. Non è una cosa in discussione, Violet. Noi dobbiamo proteggerti."

"E se qualcuno vuole menarmi? O darmi un cazzotto nello stomaco? O un calcio negli stinchi? La gente fa cose stupide di continuo."

La voce di Zed era come il ghiaccio. Priva di emozioni. "Chiunque ti fa del male muore, Violet. Noi facciamo così. E anche su Trion."

Questo saliscendi di emozioni era troppo, mi tremavano le ginocchia. La botta di adrenalina che mi era venuta parlando con Mindy ora stava svanendo. L'impatto sarebbe stato tremendo. E, cosa ben peggiore, le mie pareti mentali stavano scivolando via, come dune di sabbia sotto una tempesta, lasciandomi nuda. Sentii che gli occhi mi si riempivano di lacrime. Il loro giuramento era folle. Possessivo. Intenso.

E gli credevo. La loro offerta di protezione mi faceva sentire sicura come mai in vita mia... e anche più esposta. Vulnerabile. Non capivo la guerra che si era scatenata dentro di me.

Guardai la Custode Egara, i cui occhi brillavano di lacrime non versate. Mi avvicinai a lei con le gambe che mi tremavano e la abbracciai con forza. All'inizio lei oppose resistenza, ma poi cedette e ricambiò il mio abbraccio. "Sono tuoi, Violet. Custodiscili con cura. Amali. Non darli per scontati."

Mi ritrassi e la guardai negli occhi. "Eri una sposa, vero?"

Annuii. Bastava quello.

"Che cosa è successo?"

Lei distolse lo sguardo e si divincolò dal mio abbraccio, ritornando ad essere la custode composta che era. "Lo Sciame se li è presi entrambi." Si avvicinò ai controlli per il trasporto. "La vostra finestra di trasporto si sta chiudendo. Vi suggerisco di andare subito."

"Violet." Zed pronunciò il mio nome. Non era una domanda. Mi ordinava di unirmi a lui sulla piattaforma di trasporto.

"Arrivo," dissi voltandomi per guardare la custode, chiedendomi cosa mai fosse successo ai suoi compagni. Aveva parlato al plurale. Non aveva un compagno, ma due, e li aveva persi.

Prima che potessi fare un altro passo, Calder mi prese tra le braccia e mi cullò come se fossi il più prezioso dei tesori. "Non stai venendo, compagna, ma lo farai. Verrai. Ancora e ancora. Sul mio cazzo, sulla mia bocca, sulle mie dita," disse Calder a bassa voce. Speravo che la Custode Egara non l'avesse sentito.

"Verrai con noi su Viken. Adesso." Axon mi prese la mano e Calder mi fece salire sulla piattaforma di trasporto.

Zed mi afferrò l'altra mano. Ero connessa a tutti e tre.

"Buona fortuna, Violet," disse la Custode Egara. "Sei in buone mani." Azionò i controlli per il trasporto. L'intera stanza cominciò a ronzare, sempre più forte. Mi si rizzarono i peli sulle braccia. "Il vostro trasporto comincia tra tre... due... uno..."

7

*C*alder, alloggi privati, Viken Unita

IL NOSTRO DOVERE non si interrompeva a causa di una nuova compagna, soprattutto dal momento che – a differenza di come accadeva normalmente – eravamo dovuti andare noi sulla Terra per recuperare Violet. Non erano passate neanche dodici ore, ma in quello spazio di tempo avremmo già dovuto scopare e reclamare la nostra sposa. Riempirla con il nostro seme, saziarla, lasciare che si godesse il potere del seme.

Invece avevamo viaggiato attraverso l'universo. E per questo mi avevano messo a lavoro solo dopo un'ora che eravamo tornati. Invece di affondare nella dolce fica di Violet, avevo dovuto infilarmi la mia uniforme e fare la guardia alla regina e alla principessa. Era un onore che prendevo molto seriamente, ma, per la prima volta, il desiderio che avevo di essere in un altro posto mi rendeva ansioso e un pizzico irritabile.

Quando la regina aveva cominciato a farmi domande sulla mia nuova compagna, di colpo mi ero reso conto di quanto poco la conoscessi, il che non faceva che rendermi ancora più frustrato.

Sapevo che Violet teneva a sua sorella; era ovvio. La sua devozione verso la sua famiglia – per quanto piccola fosse – non faceva che farmela desiderare ancora di più, il che era la riprova che il nostro abbinamento era giusto. I suoi tratti protettivi gridavano palesemente Settore Uno. Sarei stato ben lieto di portarla su Trion una volta al mese, se era questo quello di cui aveva bisogno per essere felice. Non essendo più sulla Terra, era una cosa facilissima da fare.

Ma oltre a quel legame, non sapevo niente di lei, e ciò mi straziava.

La regina mi aveva bombardato di domande, una dopo l'altra. Qual era il suo cibo preferito? Che tipo di musica le piaceva? Che lavoro faceva sulla Terra? Che cosa aveva studiato? Quanti anni aveva? Dov'era nata? Dov'era vissuta?

Ora Violet era qui su Viken. Axon e Zed le facevano la guardia mentre dormiva. Il trasporto mi aveva sfiancato, ma ci ero già passato un sacco di volte. Il mio corpo ci era abituato, e così quelli di Axon e di Zed. Ma non quello di Violet. Si era addormentata tra le mie braccia una volta arrivati, ed era rimasta in quello stato anche dopo averla portata negli alloggi di Axon – non nei miei, io dovevo andare a lavorare. Avevamo richiesto la presenza di un dottore per assicurarci che stesse bene, e il dottore ci aveva rassicurati che aveva solo bisogno di dormire.

Ero contento di sapere che Violet era al sicuro, protetta, che qualcuno si prendeva cura di lei e la proteggeva in mia assenza, invece di lasciarla da sola nei miei alloggi, su un pianeta nuovo, come sarebbe successo se io fossi stato il suo unico compagno. Ma cosa avevano imparato i due guerrieri su di lei mentre io ero di servizio? L'avevano toccata? Le avevano dato piacere? L'avevano fatta venire? Le avevano fatto gridare i loro nomi? La risposta a tutte questo domande era sicuramente sì. Il potere del seme era intenso, specie con tre compagni.

E ora, ora che il mio giorno di servizio era terminato, uscii dalla doccia e mi infilai un paio di pantaloni leggeri. Capii che, forse, avevo bisogno di riconsiderare i miei alloggi privati. Per essere al fianco di Violet il più possibile, avrei avuto bisogno di vivere con Axon e Zed, sapere che lei era dietro la porta del bagno, non in un livello diverso degli alloggi delle Guardie Reali. Potevamo richiedere degli alloggi abbastanza grandi per tutti e quattro.

Sapere che Zed era rimasto negli alloggi di Axon assieme a lui mentre io lavoro – lui qui non aveva un posto dove stare, viveva nel CIQ – mi preoccupò non poco. E se avessero stretto un patto per tenersi Violet tutta per loro?

Due contro uno. Le probabilità non erano a mio favore. Ma io ero un guerriero, e parte di me accettava orgogliosamente la sfida.

L'altra parte non riusciva a dimenticare lo sguardo lucido di pura eccitazione animale che aveva Violet negli occhi mentre ci trovavamo nei suoi alloggi sulla Terra, mentre cavalcava il cazzo di Zed e io giocavo col suo culo.

Si era messa nella giusta posizione per farsi prendere da entrambi. Avrei potuto penetrarla, riempirle il culo mentre Zed le scopava la fica e Axon si prendeva la sua bocca. Tutti e tre insieme, una vera e propria rivendicazione. Permanente. Per sempre.

Ma il suo corpo non era pronto per quello... non ancora. Farlo non sarebbe stato giusto per lei. Era la prima volta che si trovava in preda al potere del nostro seme, e il suo corpo si era incendiato. Così passionevole, così sensibile. Così generoso. Ci avrebbe permesso di completare la reclamazione formale proprio a causa di quel suo bisogno disperato, si sarebbe fatta scopare da tutti e tre allo stesso momento. Ci avrebbe detto di sì, ma non lo avrebbe fatto di propria volontà.

E quello non era giusto, non era quello che volevo. Io la volevo per me. La madre dei miei figli. Accoccolata nel calore del mio letto, ogni notte. Non mi ero mai immaginato di poter condividere una donna con degli altri guerrieri.

E allora perché non riuscivo a togliermi dalla testa l'immagine di lei in mezzo a noi? Perché l'idea di *condividerla* con due sconosciuti mi costringeva ad andarmene in giro con il cazzo duro?

Dovevo raggiungerli, e alla svelta. Chissà cosa le stavano facendo ora... il cazzo mi si gonfiò nei pantaloni. Volevo unirmi a loro.

Cercando la maglietta che avevo gettato chissà dove, udii qualcuno bussare timidamente alla porta. Pensai di essermelo immaginato.

Ecco. Lo sentii di nuovo.

Mi avvicini alla porta, la aprii. Smisi di respirare.

"Violet."

"Ciao." Aveva i capelli sciolti, una soffice onda di seta sopra le sue spalle. Aveva le labbra carnose, le guance arrossate, gli occhi luminosi e nervosi. Indossava la vestaglia tradizionale di tutte le spose Viken. Non era grigia, nera o marrone, ma di un rosso caldo che le si avvinghiava a ogni curva. Il vestito le arrivava alle caviglie, e le piccole ciabattine rosse che portava ai piedi erano adorabili. Sexy. Volevo farla distendere sul mio letto, cominciare dai suoi piedi e baciare ogni centimetro del suo corpo.

Questo era quello che volevo. Violet. Tutta per me. La guardai. Era bellissima.

"Uhm, mi dispiace. Torno dopo?"

Axon, di cui non mi ero nemmeno accorto, ringhiò. Merda, l'avevo fatta dubitare.

Sbattei le palpebre, poi sorrisi e le porsi la mano.

"No, certo che no." La afferrai e la tirai verso di me. La sollevai e la guardai negli occhi. "Resta."

Lei sorrise e mi strinse le braccia attorno al collo. Gioia. Perfezione. Tutto quello che avevo sempre desiderato. "Okay. È solo – non mi hai invitato ad entrare."

La sposati e guardai Axon.

"Zed è andato al CIQ per finalizzare il suo trasferimento. Tornerà tra un paio d'ore, e il mio turno di guardia comincia tra poco," disse Axon.

Non ne sembrava felice – un sentimento che comprendevo fin troppo bene – e io mi limitai ad annuire.

"Compagna, ci vediamo presto," disse guardando Violet, gli occhi puntati sul modo in cui mi stringeva il collo. Stringerla mi riempiva d'orgoglio, sapere che ora toccava a me stare con lei, e che lei ne era felice. Lei voleva stare con me tanto quanto io volevo stare con lei.

"Sì, presto," disse Violet guardando Axon con un sorriso. Quei sorrisi li volevo tutti per me, ma mi stavo abituando all'idea di doverli condividere.

Soddisfatto, chiusi la porta. Nessuno ci avrebbe disturbato. E lei era lì. Con me.

Due contro uno? Ah! Volevo ululare la mia vittoria. Lei era qui. Con me. Da sola.

Contento, la strinsi a me con gentilezza, senza metterle fretta. Sapevo che se l'avessi baciata, anche una sola volta, non sarei riuscito a fermarmi. "Ciao, compagna. È un onore averti nella mia casa."

"Grazie." Violet sorrise e girò il collo per guardarsi attorno. I piedi le penzolavano a una decina di centimetri dal pavimento, e la sua faccia era alla stessa altezza della mia. La guardai mentre osservava il marrone tradizionale dei miei mobili, il color crema del mio letto, l'immagine della mia famiglia appesa al muro: i miei genitori e i miei due fratelli, morti da tempo – i miei parenti a causa della vecchiaia e i miei fratelli a causa della guerra.

Avevo passato così tanto tempo da solo in questa stanza che ora, averla qui con me, curava una parte di me che non mi ero nemmeno reso conto fosse ferita.

Mi sentii inondato di emozioni, le affondai la faccia nel collo e la strinsi con forza, ringraziando gli dèi che lei fosse mia. Per anni non avevo fatto altro che trattenermi. Tenermi sotto controllo, rifiutandomi di sperare. Ma lei era come la chiave del mio lucchetto. Tale era il miracolo di una compagna. Mi permetteva di aprirmi, e non c'era modo di impedirglielo.

E io non volevo farlo. Volevo condividere con lei ogni cosa.

Tutto.

"Calder? Va tutto bene?" mi sussurrò Violet. Un sussurro intimo tra innamorati. Mi sembrò che il cuore, che già mi si stava sciogliendo nel petto, mi si fosse fermato. Il dolore era incredibile, ma benvenuto.

"Sì, amore. Con te qui, io sono perfetto." Le misi una mano sul culo e la sollevai per stringerla meglio contro la mia erezione dura come la pietra. "Io ti voglio. Ma se comincio a baciarti, non sarò in grado di smettere."

La sua risata gentile era come un balsamo per la mia anima, come la sua mano che passava leggera sulla mia asta dura. "Tutto quello di cui hai bisogno, compagna. Sei così bravo a prenderti cura di me."

Non avevo fatto nulla per meritarmi quelle parole. Non ancora. Confuso, la guardai in facci. "Non ho fatto nulla per essere degno di tanta gratitudine."

Il suo sorriso illuminò la stanza. "Sei stato tu che mi hai fatto parlare con mia sorella, che ha costretto la Custode Egara a chiamarla. Ne avevo bisogno. Davvero. Sono così felice. Mi sento incredibilmente meglio, sapendo che sta bene. Non so come dirti cosa abbia significato per me." Gli occhi le si riempirono di lacrime. "Baciami, Calder. Baciami. Amami. Voglio farti felice."

Le sue parole fecero evaporare qualsiasi intenzione onorevole, eppure mi trattenni.

"Stai bene? Ti senti riposata? Il piacere che ti hanno dato Zed e Axon non ti ha lasciata dolorante?

Scosse leggermente il capo. "Non mi hanno fatto niente."

Cosa?

"Mi sono svegliata tipo trenta minuti fa. Zed se n'era già andato, e Axon mi ha fatto fare il bagno e mi ha dato questa bella tunica. Ma si è rifiutato di toccarmi, doveva andare al lavoro. Temeva che non se ne sarebbe andato più, se mi avesse spogliata."

Arrossì.

E quanto ad Axon, conoscevo bene quella sensazione. Io ora mi stavo trattenendo per lo stesso motivo, perché una volta che le avrei tolto i suoi vestiti da Viken, una volta che l'avrei denudata, non sarei stato in grado di fermarmi fino a quando non l'avessi saziata completamente, non le avessi dato tutto il piacere di cui aveva bisogno, non l'avessi riempita con il mio seme. La bocca, la fica, il culo – tutto quello che voleva.

"Non hai bisogno di riprenderti un po' dopo il viaggio?" le chiesi, stupefatto. Come era riuscita a sopprimere per così a lungo il desiderio scatenato dal potere del nostro seme? Ma ora era quasi in preda alla febbre, aveva le guance in fiamme e gli occhi lucidi di desiderio. Il suo autocontrollo era agli sgoccioli.

Scosse il capo. "No. Lo voglio, Calder. Non capisco perché, ma mi sento così..."

"Compagna, hai bisogno di venire scopata?" chiesi quasi con un ringhio. Sapere di essere in grado di prendermi cura del bisogno che i suoi compagni le avevano scatenato con il potere del nostro seme mi faceva sentire potente. Virile. Violet aveva bisogno di me. E io dovevo darle piacere. Era il mio lavoro, il mio diritto, il mio privilegio.

"Sì," sussurrò, e io subito le premetti la schiena contro il muro, le sollevai il vestito e cominciai a divorarla con la bocca ancora prima che potesse finire di pronunciare quell'unica sillaba.

Non era timida, la mia compagna. Mi avvinghiò le gambe attorno alla vita, mi strinse i capelli tra le mani e mi strinse a lei. Voleva di più. Ne aveva bisogno.

Feci scivolare il palmo sulla sua coscia morbida, contento di scoprire che non indossava niente sotto al vestito. Axon era un uomo saggio: dopo il bagno si era accertato che rimanesse nuda, che la sua fica fosse facilmente accessibile. Le afferrai il culo e cominciai a giocherellare col buco che desideravo più di tutti.

Lei inarcò la schiena. "Sì. Fallo. Prendimi lì. Voglio che sia tu."

Ringhiai udendo quelle parole che chissà da quanto tempo desideravo di sentire dalla bocca di una compagna, la portai verso il tavolo della mia piccola sala da pranzo. Quel tavolo l'avevo sempre usato per leggere o lavorare, mangiavo sempre in mensa. Ma ora la superficie orizzontale più vicina che riuscissi a trovare, e da lì avevo facile accesso al cassetto con dentro il lubrificante che mi sarebbe servito per infilarmi nel suo buchetto stretto e darle piacere.

La misi a terra per afferrare la bottiglietta e lei mi scioccò togliendosi le ciabatte e sfilandosi la veste e gettandola sul pavimento. Era nuda, ogni centimetro del suo corpo perfetto era in mostra. Ammirai i suoi occhi pieni di desiderio, dal suo sorriso vivace, dai capezzoli turgidi, dai ciuffi neri che aveva in mezzo alle cosce e dalla brillantezza della sua fica – era bellissima.

"Dove mi vuoi? Qui?" Aveva un sorriso malizioso. Si girò e si piegò sul tavolo. Mi presentò il suo culo come se fosse un dono, i seni schiacciati sulla superficie dura. I capelli le ricadevano sulla schiena e sul tavolo, una cascata di seta. E il suo corpo era curvo come quello di una dea, le perfette sfere delle sue natiche rivolte verso di me, i piedi poggiati per terra.

Il mio cazzo pulsò e della pre-eiaculazione colò dalla punta.

La mia voce si era ridotta a un raglio. "Spalanca le gambe, compagna. Voglio vedere per bene quella tua fichetta bagnata."

Lei ubbidì subito, ansiosa. Allargò le gambe per mettere in bella mostra le labbra rosate della sua fica bagnata.

Questo era il sogno. Una compagna amorevole, bellissima, remissiva. Le passai la mano sulla schiena, sui fianchi, tracciai le linee delle sue curve. Incapace di resistere anche un solo secondo di più, le infilai due dita nella fica bagnata e mi godetti il suo gemito di piacere. Allungai una mano e premetti il bottone: la finestra di fianco al tavolo divenne trasparente. La finestra si affaccia sui palazzi circostanti e sulle rigogliose montagne verdi in lontananza. Ma c'era della gente tutt'intorno e, anche se nessuno si curava delle finestre degli alloggi delle guardie, era possibile che qualcuno la vedesse.

L'idea mi eccitava, mi dava piacere. "Guarda fuori, guarda come tutti vanno a lavoro. Non devono far altro che voltarsi da questa parte per vederti, per vedere quanto sei bella."

Lei gemette, ma non si mosse, non fece nessun tentativo di coprirsi. Anzi, sentii che si bagnava ancora di più.

Il campanello mi interruppe. Poi sentii una voce: "Calder, sono Axon. Fammi entrare."

Violet si sollevò spingendo sulle mani, i suoi seni penzolarono sul tavolo, e guardò la porta chiusa. Le misi una mano sulla schiena per tenerla al suo posto. "Non muoverti, compagna. Fa' vedere ad Axon quanto sei bisognosa, come lasci che tutti gli abitanti di Viken ti guardino mentre vieni scopata."

Sembravo Zed, un tono autoritario, ma mi faceva piacere mettere in mostra la mia compagna. Che vedessero tutti come le avevo fatto bagnare la fica, quando desiderava il mio cazzo. Come le davo piacere. L'avrebbero sentita urlare e avrebbero saputo che mi stavo prendendo cura di lei come si doveva.

Andai alla porta e la aprii.

Axon entrò senza nemmeno guardarmi. Aveva occhi solo per Violet. "Cazzo," disse a denti stretti e toccandosi il cazzo. "Non sono riuscito ad andare a lavoro. Violet viene prima di tutto." Le si avvicinò e le passò una mano nei capelli per scostarglieli dalla faccia. "Vedo che bruci di desiderio. Calder si sta prendendo cura di te?"

Lei annuì.

"Siediti e guarda, Axon. Guarda la tua compagna che prende il mio cazzo nel culo per la prima volta. Guadala venire."

Gli occhi di Axon avvamparono, non perché fossi io a scoparla, ma perché la nostra compagna veniva scopata. Io venivo dal Settore Uno e mi piaceva guardare ed essere guardato, ma Axon non era un tipo timido. Se la nostra compagna era soddisfatta, lui si sarebbe fatto da parte e l'avrebbe permesso. Almeno a me e a Zed. Sapevo che nessuno di noi avrebbe permesso a nessun altro di fare tali pensieri sulla nostra compagna.

Axon afferrò la sedia da sotto al tavolo, andò nella

sala principale e si sedette per godersi lo spettacolo. Aveva le gambe distese davanti a sé, la mano sul cazzo, toccandoselo al di sopra dei pantaloni. Gli occhi fissi sulla fica di Violet.

"Ti ha fatto bagnare. E ti eccita farti guardare, non è vero, compagna?" le chiese.

"Sì, ti prego, Calder," sussurrò lei.

"È così dolce quando ci implora. Non è vero, Axon?" chiesi, eccitato all'idea di poter condividere la sua bellezza con lui.

Le massaggiai il clitoride e ammirai il modo in cui il suo corpo si inarcava sotto al mio tocco.

"Sì." Lei tremò e io la ricompensai. Mi infilai una mano nei pantaloni e mi massaggiai la punta del cazzo per raccogliere diverse gocce di pre-eiaculazione sulla punta delle dita.

La scopai con le dita, le massaggiai il clitoride, le spalmai la sostanza sul suo buco vergine, e contai. Ansioso. Bramoso. In attesa.

Un secondo. Due secondi.

Prima venne il suo gemito, poi la sua fica si contrasse con forza attorno alle mie dita. Venne, il suo corpo pulsò in risposta alla sostanza accecante contenuta nel mio seme che le inondava il sistema nervoso, facendola mia. Facendole venire fame. Fame di me. Del mio tocco. Del mio cazzo. Del mio seme. Non mi avrebbe facilitato la penetrazione, ma mi avrebbe assicurato che lei lo desiderasse.

"Calder." Il mio nome. Fu tutto quello che disse. Tutto quello che doveva dire mentre si premeva contro il mio dito. Mi cosparsi il dito di lubrificante e glielo infilai nel culo, e il suo orgasmo si affievolì con una serie di scosse di assestamento, conquistandola e facendola contorcere sul mio tavolo.

"Adesso ti scoperò qui, compagna. Mentre Axon ci guarda."

"Sì, ti prego. Sbrigati." Il suo culo mi strinse il dito e io gemetti, immaginandomi mentre faceva lo stesso attorno al mio cazzo. Così stretto. Così caldo.

"Niente fretta. Non ti farò del male."

Lei dimenò i fianchi, contorcendosi per protestare, quando rimossi le mani dal suo corpo per applicare altro lubrificante. "Non mi importa."

Le diedi uno schiaffo sul culo e lei balzò in avanti. Sciocca. Bene. "A me sì. Niente dolore. Mai. Mi hai capito?"

Fece scivolare le mani in avanti, i palmi poggiati sul tavolo, si aggrappò al bordo per reggersi. Per prepararsi. "Non mi importa. Scopami, Calder. Lo voglio ora. Voglio te."

La sculacciai di nuovo. E poi un'altra volta. Lei cominciò a gemere ancora prima che il rosso della mia manata le sbocciasse sulla carne, ma non era un gemito di dolore. Aveva la fica zuppa che le stava bagnando tutte le cosce. "Zed aveva ragione. Ti piace, non è vero? Vuoi che ti sculacci, compagna? Che ti faccia bruciare la carne?"

Violet scosse la testa avanti e indietro facendo ondeggiare la sua massa di capelli indomiti. "Non lo so. Io... ho bisogno di te. Dio. Ti prego."

Le tremavano le gambe. La sua voce era metà confessione sussurrata, metà richiesta. Strinse e lasciò andare il tavolo con un ritmo ipnotico che utilizzava per calmarsi.

Ma io non aspettai che si fosse calmata. Io la volevo fuori controllo.

Portai di nuovo la bottiglietta di lubrificante vicino al suo culo e ignorai i gemiti di piacere, mentre le riempivo il suo buco vergine con dell'altra sostanza. L'avrei scopata come voleva lei, e senza farle del male. Sarebbe stata umida e scivolosa, l'avrei aperta, ma senza nessun dolore.

Quando seppi che era pronta, mi tolsi i vestiti e li gettai di lato. "Sei pronta per me, compagna?"

"Sì." Inclinò i fianchi per sollevare il culo in aria. Ma io non l'avrei scopata lì, non ancora.

Presi altra pre-eiaculazione dalla punta del mio cazzo e passai la mano sotto di lei e spalmai la sostanza sul suo clitoride. Lei tremò, sobbalzò, e i suoi gemiti si fecero più profondi.

"Apri gli occhi. Guarda fuori. Guarda tutte le persone. C'è qualcuno che ti sta guardando? Che ascolta le tue grida di piacere?"

Non persi altro tempo. Le infilai il cazzo nella fica bagnata, fino in fondo, con forza. Colpendo il suo utero. Le misi le mani sulle natiche per allargarle, assicurandomi che prendesse ogni singolo centimetro.

Lo tirai fuori. Lo rinfilai. Lei si infranse, le sue grida mi fecero battere il cuore all'impazzata. La guardai mentre perdeva il controllo di sé.

Era la cosa più bella che avessi mai visto, e non avrei rinunciato a lei per nulla al mondo. Non l'avrei mai abbandonata. Era mia.

Quando la sua fica smise di pulsare, mi ritrassi e le infilai due dita nel culo. Tre. Lei sussultò, premette all'indietro, costringendomi a penetrarla ancora più a fondo, ad aprirla ancora di più.

Ritrassi le dita e piazzai il cazzo sulla sua entrata vergine e premetti in avanti, così da farle sentire la punta del mio cazzo che cominciava a fare breccia dentro di lei. Con cautela, con lentezza. "È la tua ultima occasione per dirmi di no, amore. Dimmi di no, e aspetterò."

Lei scosse il capo e disse: "Non voglio aspettare." Raddrizzò le gambe, fece leva per impalarsi su di me, ma io la premetti con forza contro il tavolo.

"Noi facciamo così."

Lei annuì e rilassò le gambe. Usai la mano libera per darle uno schiaffo sul culo e punirla della sua mancanza di pazienza. La sua apertura pulsò in risposta, aprendosi ancora di più, attirandomi all'interno.

La punta a forma di fungo del mio cazzo si infilò dentro di lei con un *pop* silenzioso, ed entrambi gememmo e io la penetrai ancora più a fondo.

Mi presi il mio tempo, la fronte imperlata di sudore, il mio corpo teso come la corda di un arco mentre la penetravo, a poco a poco. Quando il suo corpo finalmente si rilassò abbastanza da permettermi di affondare lentamente dentro di lei, un orgasmo minacciò di conquistarmi, e il mio cazzo cominciò a pulsare.

Digrignai i denti, volevo trattenermi. Ma il suo corpo fu attraversato da una scossa e lei staccò i piedi dal pavimento per avvolgermi attorno alla vita, mentre le sue pareti interne pulsavano e venivano attraversate dagli spasmi di un nuovo orgasmo. Il potere del mio seme al lavoro. Che la faceva venie. Che riempiva il suo corpo di bisogno. Lussuria. Desiderio. Per me.

Solo per me.

Ma non era così. Nel suo corpo c'era anche il seme di Zed e di Axon. Era la loro rivendicazione. Il loro piacere.

Quel pensiero offuscò il mio, ma solo per un momento, perché subito il suo pianto di piacere mi fece riconcentrare su di lei. Il suo culo mi strinse il cazzo, sentii il suo piacere che montava e allora persi il controllo, martellandola lentamente, dentro e fuori, e poi un'ultima volta prima che il mio corpo esplodesse dentro di lei.

Il mio seme la spinse di nuovo oltre il limite, il suo grido era musica per le mie orecchie, mi fece venir voglia di battermi il petto in un gesto di primitiva soddisfazione. Avevo dato piacere alla mia compagna. L'avevo fatta mia. Mentre il mio seme la inondava, la riempiva, la marchiava, avrei dovuto sentire un piacere assoluto.

Invece, mi sentii diviso a metà. Lei era mia. Ma questo dono non era esclusivamente mio. La sua pelle, i suoi soffici gemiti, il dolce profumo della sua fica bagnata o la generosa natura del suo amore non erano solamente miei. Li aveva dati anche ad altri. A Zed. Ad Axon.

Mi sentii avido. Possessivo. Egoista.

E non volevo rinunciare a lei.

Eppure, quando mi ritrassi con lentezza, Axon si fece avanti, i pantaloni slacciati, il cazzo di fuori. "Tocca a me."

"Axon. La fica. Riempimi la fica," gemette Violet. "Ho bisogno anche di te."

E quando io feci un passo indietro, andai a sedermi nella sedia con il cazzo ancora eretto, capii che non dovevo rinunciare a lei. Axon la fece girare sulla schiena, lei gli avvinghiò le gambe attorno alla vita e lui la penetrò. Dovevo solo lasciare che avesse ciò di cui aveva bisogno. E non ero solo io. Non perché io non fossi abbastanza. Era lei che era *tutto*.

8

V iolet, Stanze della Regina, Viken Unita

"Sono così felice che tu sia qui. Bella è un'altra sposa dalla Terra, ma vive con i suoi compagni su al CIQ, e quindi non ci vediamo spesso."

Leah era una ragazza tutta sorrisi, così eccitata di incontrarmi – mi aveva detto che, in privato, potevo chiamarla con il suo nome di battesimo e dimenticarmi di tutte le formalità. Regina. Sì, una cavolo di regina! Dubitavo che i suoi tre compagni la isolassero dalle altre donna, ma, a giudicare da quanto aveva detto, incontrare qualcun altro della Terra era una vera e propria rarità. E lei non una persona qualunque su Viken. Sì: era la regina. La donna che aveva dato alla luce la bambina che avrebbe governato sul pianeta in modo del tutto imparziale.

Questo me lo aveva detto Axon mentre mi

accompagnava al palazzo. Mi aveva detto quanto bastava per evitare di farmi sembrare una scema.

"È difficile abituarsi," ammisi.

Dopo che Calder e Axon mi avevano scopata, mi avevano aiutato a darmi una ripulita ma mi avevano negato la doccia. A giudicare dallo sguardo virile e soddisfatto che avevano negli occhi, sembrava che sembrava che gli piacesse sapere che ero stata marchiata dal loro seme.

E quel seme? Roba potente.

Non intendo in fatto di gravidanze, ma –

"Oh mio Dio!" dissi d'improvviso.

Leah si bloccò, allarmata. Le guardie sulla porta si avvicinarono. Sollevai la mano: "Scusate, va tutto bene. Ho appena capito una cosa."

Leah sollevò un sopracciglio e attese che le dessi una spiegazione. Sì, era senz'ombra di dubbio la regina.

Mi avvicinai a lei e le sussurrai: "Non avevo pensato di rimanere incinta."

Lei sorrise: "A me ci sono voluti cinque minuti."

Spalancai la bocca e mi portai le mani sul ventre piatto. "Io prendo la pillola."

"No, non più." Vidi che stavo andando nel panico – perché tre compagni bastavano e avanzano come cambiamento, almeno per ora – e mi mise una mano sul bicipite. "Vai al centro medico e ti faranno un'iniezione, proprio come a casa." Si schiarì la gola e arrossì. "Voglio dire, sulla Terra." Si guardò a destra e a sinistra. "Non dire a nessuno che l'ho detto."

Mi accigliai. "Cosa? Di andare a farmi iniettare un anticoncezionale?"

"No. Che la Terra era la nostra casa. Non lo è. Io vivo

qui su Viken, ma tu me lo hai fatto dimenticare. Ed è il mio sedere che ne pagherà lo scotto."

Scoppiai a ridere. "Sculacciano anche te?"

Ci guardammo, poi ridemmo fino alle lacrime.

"Vieni, ti faccio fare un giro." Mi prese sottobraccio e mi condusse lungo un ampio corridoio. Le guardie ci seguivano ovunque andassimo, ma a distanza discreta. Era questo quello che facevano Axon e Calder? Se era così, di certo non mi sarebbe dispiaciuto se ci fosse stato uno di loro due a seguirci ora, sapere che erano nei paraggi. Tuttavia, non volevo che ci sentissero mentre parlavamo di... cose da donne. Non ero sicura che avessero capito, almeno non ancora. Non li conoscevo così bene.

"Tu... hai avuto delle difficoltà nel conoscere i tuoi compagni? Voglio dire, ne sono tre, e sono così... ansiosi," ammisi.

"Tutti i soldati della Coalizione in pensione si sono guadagnati il diritto ad avere una compagna, e quindi, qualora vengano abbinati a qualcuno, sono *ansiosi* eccome."

"Ma i miei non si sono sottoposti ai test tutti insieme. Non erano amici, o roba del genere."

Una guardia ci aprì la porta e uscimmo su un balcone che si estendeva attorno a tutto il palazzo. La vista era mozzafiato, si riusciva a vedere tutta Viken Unita – o almeno così credevo.

Ciò mi fece pensare alla finestra di fianco a me mentre Calder mi scopava, attraverso la quale qualcuno avrebbe potuto vederci. Quello mi aveva eccitato – moltissimo – e mi aveva fatto venire con un'intensità... persino ora mi bastava pensarci, mi bastava pensare a uno di loro che mi spingeva contro il balcone e mi scopava da dietro, mentre la gente da sotto ci guardava e capiva quello che stavamo facendo... bastava quello a farmi bagnare. Poggiai la mano sul parapetto e fremetti.

"I miei compagni sono fratelli. Gemelli. Eppure non si erano mai visti prima di venire abbinati. Non è stata una transizione semplice. E la risposta alla tua domanda è no. Non è stato difficile, ma ci è voluto del tempo. Sii paziente."

Guardai i palazzi, l'architettura variegata, com'era disegnata per mescolarsi con la natura, per diventarne parte integrante.

"Ma noi... noi facciamo l'amore. Un sacco di volte. Voglio dire, sono venuti a cercarmi nel mio appartamento in Florida e abbiamo fatto sesso sul mio divano, lì, su due piedi."

Il ricordo mi fece arrossire."

"Lascia andare la pudicizia terrestre. Qui non è la stessa cosa. Non c'è proprio paragone tra i nostri compagni e tizi sulla Terra. Sono tipi sessuali, ed è così che ti dimostrano il loro affetto. E ci sanno fare." Mi fece l'occhiolino. "A giudicare dal modo in cui sei arrossita, è ovvio che anche i tuoi sono bravi. E quel loro seme è inebriante."

Mi morsi il labbro. "Dimmi di più."

E lo fece, in modo schietto, dicendomi come fosse extra potente per chi avesse tre compagni, specie per chi veniva da un altro pianeta, per chi non era geneticamente predisposto. Era come mangiare del pesce crudo in un paese del terzo mondo. Io mi sarei sentita male, ma quelli che vivevano lì non avrebbe avvertito nessun problema "Non preoccuparti, si aggiusterà. Vorrai sempre i tuoi compagni, li desidererai e sarai pronta per loro, ma non a causa del loro seme. Quello serve... beh, a rompere il ghiaccio."

"Okay. Grazie."

"Ora, dimmi di te. Che cosa facevi sulla Terra? Io ero praticamente un'orfana, poi una studente, e poi un costruttore ricchissimo mi ha fatto perdere la testa."

"Che cos'è successo? Come ci sei finita qui?"

Leah sospirò, e la tristezza che aveva negli occhi era un sentimento che aveva imparato a domare. Aveva superato le sue difficoltà e ora si sentiva felice. "Ho scoperto che i suoi soldi provenivano dalla vendita di droga, che aveva dei soci in affari che erano dei delinquenti, e non appena ci siamo fidanzati mi ha trasformata in un sacco da boxe."

"Oh, mio Dio. Mi dispiace."

Lei si mise a ridere. "A me no. Guarda dove mi ha portata. Sono una regina, ho una figlia bellissima e tre guerrieri meravigliosi che mi amano e mi proteggono." Si sporse in avanti e mi guardò negli occhi, tutta seria. "La vita è dura. E bellissima. E incasinata. E dolorosa. E perfetta. Non cambierei una virgola. E tu?"

Non sapevo che rispondere. Ora come ora non ero più sicura di niente, e così cambiai argomento. Qualcosa di più tranquillo. "Io volevo fare l'architetto, ma io miei voti non erano abbastanza buoni per farmi avere una borsa di studio. E quindi sono andata all'istituto tecnico. Lavoro per uno studio di architettura, lavoro un sacco con CAD, disegnando i progetti al computer."

Leah mi guardò sorpresa. "Oh, beh, allora questo ti piacerà. Che ne pensi dell'architettura di Viken Unita?"

Sollevò il braccio indicando tutto quello che c'era al di là del parapetto.

Ammirai la vista che avevo di fronte, prendendomi del tempo per analizzare gli edifici. Il palazzo stesso era uno strano mix di torri in stile Tudor e di supporti in pietra adornati in stile barocco. Gli archi e le modanature erano molto teatrali, ricordavano un po' la Roma antica. Ci trovavamo all'interno delle mura di Viken Unita, dove i tre re e i rappresentanti dei tre settori collaboravano per governare sul pianeta. Le mura protettive che circondavano la cittadine erano solide e spoglie, avevano un aspetto da fantascienza, in completo contrasto con i meravigliosi edifici che racchiudevano. "È bellissima. Mi piace un sacco questo stile, la varietà del design..."

"Mi fa piacere vedere che la mia compagna è felice."

La voce di Zed ci fece girare entrambe. Lui fece un inchino verso Leah e sorrise a me. Con lui c'erano tre uomini grossi e identici. Tagli di capelli diversi, atteggiamento diverso, ma erano fratelli, non c'era dubbio. Non era necessario essere un gemello per riconoscerne un altro. Dovevano essere i tre re. Tre gemelli identici. I compagni di Leah.

Facemmo le dovute presentazioni e io provai a fare un inchino, sebbene fosse una cosa del tutto nuova per me. Erano giovani, sexy, ed era strano. Ma qui ero io quella fuori posto, e non volevo mettere Zed in imbarazzo.

"Sono sicuro che il tuo compagno brami le tue attenzioni. Grazie per la visita," disse Leah sorridendo.

Arrossii: sapevo a cosa stava pensando. Zed mi *voleva*, e non sarebbe stata di certo lei a tenerci l'uno lontano dall'altra.

_____

ZED

ERA BELLO VEDERLA SORRIDERE, ridere di gusto assieme alla regina. Con un'altra donna del suo stesso pianeta. Sapevo che avrebbero fatto presto a diventare amiche; la Regina Leah era una donna gentile, anche se un po'... intrepida. Impetuosa. I loro temperamenti erano simili, e io non avevo dubbio che noi sei – i loro compagni – saremmo invecchiati anzitempo proprio a causa loro.

Il loro primo incontro, durato solo un'ora, non era durato abbastanza per farle venire in mente qualcosa che le avrebbe fatto guadagnare una bella sculacciata. Cosa che le sarebbe piaciuta. Anche troppo.

Un'ora lontana dai suoi compagni poteva bastare per adesso. Axon, Calder ed io eravamo ben consci di quando lei *desiderasse* scopare a causa del nostro seme. E anche se mi era bastato un secondo per capire che lei sarebbe stata un'amante impetuosa, il suo bisogno andava ben oltre quello. Per ora.

Sapevo che il potere del seme era forte, che aiutava a legare i nuovi compagni, che forgiava una connessione basata sul bisogno di stare *insieme*. Nudi. Vicini. L'uomo *dentro* la donna.

Tutto ciò scemava dopo la reclamazione ufficiale, ma fino a poco tempo fa si era trattato sempre di un solo compagno. Per Violet, così come per la Regina Leah, c'erano tre di noi a riempirla con il nostro seme. Di conseguenza, aveva bisogno di cure extra, di attenzioni extra... e di scopate extra. Nessuno di noi si sarebbe lamentato che lei smaniava troppo per avere i nostri cazzi. Le nostre dita. Le nostre bocche.

E il fatto che io stessi pensando a lei come "nostra", e non "mia", mi fece capire che il concetto di tre compagni funzionava. Ora toccava a me seguirla, proteggerla, soddisfare ogni suo bisogno.

E in base a come le sue guance erano arrossite e i suoi capezzoli si erano inturgiditi sotto il vestito leggero, i suoi bisogni avrebbero preso ben presto una piega sessuale.

Feci un inchino di fronte alla regina e stesi la mano davanti a me. Violet la afferrò immediatamente e io la condussi via mettendomela sottobraccio.

"Ti sei divertita?" chiesi.

"Sì, molto."

"Ho sentito che parlavi dei tuoi studi. Che lavoravi nel campo dell'architettura."

"Sì, era il mio lavoro sulla Terra."

La guardai e notai che fosse fiera del suo lavoro, così come io lo ero del mio tempo passato al servizio della Coalizione, del mio tempo al CIQ, e di ora, trasferito su Viken Unita.

"Allora, una volta che ti sai sistemata per bene, faremo in modo di farti fare il tuo lavoro anche qui."

Lei rallentò e mi guardò sgranando gli occhi. "Veramente?"

Inclinai il capo e mi accigliai. "Perché no?"

"Leah non lavora e ha una bambina. E penso che ne avrà presto un altro."

Sì, a giudicare dall'affetto che i suoi quattro genitori provavano per lei, era evidente che la Principessa Allayna avrebbe avuto presto una sorellina o un fratellino.

"Tu non sei la Regina Leah. E lei lavoro. Non se ne sta

con le mani in mano. Il suo lavoro è quello di guidare il suo popolo, e di educare la futura regina."

"Vero, ma..."

Inclinai il mento verso l'alto, aspettai che mi guardasse negli occhi. "Che c'è?"

Violet si leccò le labbra, un gesto che mi fece gonfiare il cazzo. "Ha detto che è rimasta incinta fin da subito. Io, beh, io voglio dei figli, ma non *ora*."

Ah. L'avevamo scopata per bene, era molto probabile che ora fosse incinta. Molti qui su Viken aspettavano un po' prima di mettere su famiglia. Altri lasciavano che la natura facesse il proprio corso e, col potere del seme, le gravidanze arrivavano abbastanza in fretta.

"Sulla Terra prendevo gli anticoncezionali, ma ora no. Le mie pillole si trovano letteralmente ad anni luce da qui."

Era preoccupata. Lo percepivo dalla sua voce, lo vedevo dal suo corpo teso. Non era pronta. Il che significava che non lo ero nemmeno io. Oltretutto, ora dovevo condividerla con Axon e Calder. Un bambino non avrebbe fatto che peggiorare la mia situazione.

Cominciai a camminare. Affrettai il passo. "Dove vai?" chiese lei cercando di starmi dietro. Rallentai, ma giusto un po'.

"Al centro medico, per gli anticoncezionali. La scelta è tua."

"Ma perché cammini così di fretta?" chiese quasi senza fiato.

"Perché non appena avremo sbrigato questa faccenda" – la guardai mentre uscivamo dal palazzo – "ti porto in un angolo buio, un corridoio deserto, ovunque possa scoparti."

Ci vollero cinque minuti dalla dottoressa. Passò velocemente una bacchetta sul ventre di Violet e si accertò che non fosse incinta, poi le fece un'iniezione per far sì che restasse tale. Ci disse che si poteva tornare indietro in qualsiasi momento ma, fino ad allora, Violet poteva stare tranquilla.

Ecco perché, quando la dottoressa uscì dalla stanza, io strinsi la mano di Violet e le impedii di seguirla. Mi guardò sollevando le sopracciglia.

"Sollevati il vestito. Fammi vedere la fica."

Lei guardò velocemente la porta chiusa, la stanza vuota. "Qui?"

Annuii e mi misi a braccia conserte.

Lei deglutì. "Potrebbe entrare qualcuno."

Era nervosa, ma anche eccitata. Le sue guance si arrossirono, e il suo vestito non poteva nascondere i suoi capezzoli turgidi.

"Potrebbe, sì, ma ho come la sensazione che la dottoressa sa che nessuno deve disturbarci."

Sussultò. "Pensano che noi..."

Sollevai la mano e la zittii.

"Qui non comandi tu. Comando io." Mi avvicinai e le afferrai la mascella. "Non farei mai nulla per metterti in pericolo, per spaventarti, per metterti a disagio. Ma ti spingerò oltre i tuoi limiti, ti metterò alla prova e scoprirò cosa ti eccita. Se non ti piace, se ti spaventa, smetterò all'istante."

"Davvero?"

"Compagna, cosa ho fatto mai per farti pensare di essere un bruto?"

Ci pensò su per un momento. "Niente. Ma cosa penseranno i dottori e i tecnici?"

"Che sono un guerriero fortunato per avere te come compagna."

I suoi occhi si addolcirono e sorrise, si mise in punta di piedi e mi baciò. Io la abbracciai, sentii la morbidezza del suo corpo che premeva contro il mio corpo duro. Le sue labbra si spalancarono e io la invasi, aggrovigliando la mia lingua con la sua. Forse ero un tipo autoritario, ma non sempre. Potevo facilmente perdermi dentro di lei, perdermi nel suo tocco, nel suo sapore, nel suo profumo. In tutto.

Mi ritrassi e appoggiai la mia fronte sulla sua. "Ah, compagna, cosa mi fai."

Lei sorrise, le labbra turgide e umide. Era giunto il momento di riconquistare il controllo. Feci un passo indietro e mi rimisi a braccia conserte. Inarcai un sopracciglio e mi assicurai di parlare con voce grave.

"Solleva il vestito, Violet, e fammi vedere la fica."

Aspettai mentre lei elaborava il mio comando. Le feci l'occhiolino: doveva sapere che, anche se ero serio, stavamo pur sempre giocando. Non le ci volle molto per unirsi al divertimento. Questione di secondi.

Afferrò la stoffa fluttuante e lentamente la sollevò, sempre di più, ammucchiandola all'altezza della vita. Quando la sua fica fu scoperta, mi avvicinai. "Perché non vedo il seme dei tuoi compagni che ti cola dalla fica? Axon e Calder non ti hanno dato quello di cui hai bisogno?"

Lei sussultò. "Non avevo intenzione di abbandonarmi al del sesso selvaggio, del sesso tra mandrilli, e farmi ricevere dalla regina mentre ero un vero e proprio disastro." L'idea sembrò genuinamente infastidirla, il che mi andava bene. Io capii tutto quello che aveva appena detto, ma sapevo cos'era il sesso selvaggio. E potevo tirare a indovinare cosa fossero i mandrilli.

"Ti hanno scopata, compagna? Dimmi cosa ti hanno fatto?" La sollevai tra le braccia e camminai all'indietro fino a premerle la schiena contro il muro. Le afferrai il culo e la sollevai e lei mi avvolse le gambe attorno alla vita. Mi slacciai i pantaloni e nel giro di un respiro ero dentro di lei. In profondità.

"Zed," disse lei ansimando, i respiri veloci mi scaldavano il collo.

"Dimmi." Le afferrai il lobo dell'orecchio con i denti, con gentilezza, ma abbastanza forte da farla fremere.

"Axon ci ha guardati." La sua fica si contrasse attorno al mio cazzo ricordando quello che aveva fatto con gli altri. Il suo corpo rispondeva, diventava soffice e malleabile. Qualunque cosa le avessero fatto, l'avevano lasciata vogliosa.

"Ti ha guardata? E che cosa ti ha fatto Calder, dolcezza? Ti ha scopato nel culo? Ti ha fatto venire?"

"Sì."

Mi ritrassi e la penetrai a fondo, passandole la mano sul culo morbido e infilandole lì due dita. Lei gemette e gettò la testa all'indietro, gli occhi chiusi. E io ero sul punto di venire. Così. E l'avevo appena penetrata. "Ti è piaciuto? Hai urlato? Hai detto il suo nome?"

"Non lo so. Non me lo ricordo." Le sue parole erano poco più di un sussurro. Gettava la testa a destra e a sinistra: le affondai la mano nei lunghi capelli e la tenni ferma, continuando a martellarla, giocando col suo culo, conquistando la sua bocca con un bacio intenso e dominante. Ora lei era con me. Mia. E anche tutto quello che aveva fatto con gli altri era mio. Me lo avrebbe dato.

Avrebbe ammesso ogni sensazione, mi avrebbe detto tutto quello di cui aveva bisogno. Si sarebbe presa il mio seme e avrebbe gridato il mio nome.

Mia.

Era bagnata, zuppa dei propri umori e, in profondità, del seme degli altri. Calda e stretta: era perfetta.

"Zed."

Facevo dentro e fuori col cazzo e le dita, la riempivo, mi trattenevo mentre la mia pre-eiaculazione le cospargeva le pareti interne della fica, le faceva bollire il sangue. La rendeva disperata. Ora stava gemendo. Si stava sciogliendo. Mi affondò le sue piccole mani nella schiena, nei capelli, implorandomi senza parlare di martellarla con più forza. Più velocità. Di farla venire.

Gemette e guardai il suo viso: il fatto che questa donna bellissima e generosa fosse mia era ancora motivo di meraviglia. Sarebbe stata mia per sempre, se gli altri avessero tirato la testa fuori dal culo. Apparteneva a tutti e tre noi. Aveva bisogno di tutti e tre noi. E per quanto avessi creduto di volerla tutta per me, vedere gli altri che la scopavano, sapere che le avevano dato piacere, sapere che aveva bisogno di loro tanto quanto aveva bisogno di me, mi rendeva contento. Felice.

I suoi sussurri si trasformarono in gemiti, le sue unghie mi si conficcarono nella carne, attraversando l'uniforme. Mi godetti quel dolore, la prova del suo desiderio. "Ne vuoi di più, compagna?"

"Sì, signore."

Quella parola mi scatenò. *Signore.* Dolce e remissiva, non aveva idea di quale potere esercitasse su di me.

La martellai con forza, reclamai la sua bocca, le infilai la lingua nella gola e la riempii. Pompai il seme nella sua fica calda e ingoiai il suo grido, sentendo il suo corpo che si irrigidiva e tremava, fuori controllo. Il potere del mio seme mi avrebbe legato a lei, avrebbe aumentato il suo desiderio.

Per gli dèi, speravo che lei ne volesse ancora, perché per me non sarebbe mai stato abbastanza.

Stanco, la tenni lì, contro il muro, il cazzo dentro di lei, mentre entrambi cercavamo di riprendere fiato.

"Zed, io non voglio scegliere." Sussurrò la sua confessione premendo le labbra sul mio collo, le braccia attorno al mio corpo, la punta delle dita avvinghiate alla mia nuca, scivolando su e giù in modo sensuale, un chiaro gesto di affetto. Il suo tocco mi faceva tremare, e nel petto sentii che mi cresceva un peso che non avevo mai provato prima d'ora.

Un peso che faceva male, ma sapevo che quello era un dolore senza il quale non potevo vivere. Era l'amore. Doveva esserlo.

"Lo so, amore mio. Troveremo una soluzione."

Le sue lacrime salate mi aprirono una nuova ferita nel petto, e la sua fiducia mi fece quasi crollare. Ci stava offrendo il suo cuore su un piatto d'argento, e quell'idiota di Calder era troppo stupido per accettarlo, per capire quanto valesse.

Mi ritrassi e mi rinfilai il cazzo nei pantaloni. Se fosse stato necessario, avrei riempito di botte quel guerriero testardo. Axon non sarebbe stato un problema. Lui l'aveva capito ancor prima di me cosa sarebbe significato per noi diventare una famiglia.

Quando ero stato abbinato a lei, mi ero comportato in modo arrogante ed egoista. Ma ora che vedevo le lacrime che le solcavano il viso, che mostravano chiaramente quanto soffrisse, capii che qui non si trattava di noi, ma di lei.

Lei era stata abbinata a tutti e tre.

Se uno solo fosse stato perfetto per lei, allora lei sarebbe stata abbinata a lui soltanto.

La aiutai a sistemarsi il vestito, chetamente eccitato all'idea che ci fosse il mio di seme a bagnarle le cosce, che fosse il mio il profumo che aveva sulla pelle. Ed era la mia forza quella che cercava mentre si rannicchiava tra le mie braccia e lasciava che la stringessi a me. Le sue lacrime mi bagnarono l'uniforme e la pelle, e io le accolsi come il segno dell'onore, della fiducia.

Lei era mia, e io non avevo intenzione di rinunciare a lei.

E se lei aveva bisogno anche di Axon e di Calder, allora avrei fatto sì che li avesse. In un modo o nell'altro. Per me l'unica cosa che importava era la sua felicità.

Passarono dei lunghi minuti. Io la tenni stretta a me, felice di poterla tenere lì tra le mie braccia, lontana dal rumore e dal trambusto che c'era fuori.

Quando qualcuno bussò alla porta, la mia prima reazione fu di ignorarlo, ma Violet si irrigidì, e allora capii che quel momento magico era stato infranto.

9

V iolet

"Sì?"

La porta si aprì e uno membro del personale medico fece un profondo inchino. "Mi dispiace di interrompervi, signore. Signora."

L'infermiera, o qualunque cosa fosse, era estremamente cortese. Era un bel po' più alta di me. Con spalle più larghe. Indossava l'uniforme verde che portava tutto il personale medio, ma al braccio aveva una fascia rossa come quella dei ragazzi.

Anche se sapeva quello che stavamo facendo dentro questa stanza, non lo mostrò. Solo un minuto fa avevo avuto paura di morire di piacere mentre Zed mi scopava contro il muro, e poi mi ero trasformata in una poltiglia piangente. Non ero sicura di cosa mi fosse successo. Ero esausta, sazia, confusa, dolorante, appagata. Tutto. Il mio corpo era stato dilaniato dallo stress per colpa di Mindy e dal trasporto. E nel giro di poche ore avevo avuto più orgasmi di quanti non avessi avuto in un *anno*. Ero tutta indolenzita, amata, e *viva*. Per la prima volta da anni, mi sentivo viva, viva per davvero.

E i miei compagni avevano intenzione di farmi rinunciare a tutto. Volevano che scegliessi. Il solo pensiero era come una coltellata.

"Ho una comunicazione urgente per Violet Nichols, compagna di Zed, Axon e Calder, Guardie della Famiglia Reale. Viene dal CIQ di Trion. È un'emergenza."

Zed mi prese per mano e mi trascinò fuori dalla stanza. Nella sala principale della stazione medica c'erano un mucchio di schermi, monitor e dati che non capivo. Tutt'attorno, disposte a cerchio, c'erano stanze come quella dalla quale eravamo appena usciti, ma non avevo idea di quante fossero occupate e di quante no.

Trion? Emergenza? "Mindy? È successo qualcosa a Mindy?" Il cuore mi finì in gola, e fui felice che ci fosse qualcuno a guidarmi. Dimenticai tutte le mie sciocche preoccupazioni personali. Mindy era più importante della mia transizione verso un mondo nuovo, di tre uomini che sembravano disposti a far di tutto per me. Sì, pensieri meschini.

Dio. Cos'era successo?

"In collegamento," disse l'infermiera avvicinandosi a uno dei pannelli di controllo. Io non avevo idea di dove trovare un comunicatore, ma almeno sapevo cosa fosse, dal momento che ne avevo usato uno nel Centro Spose di Miami.

Zed guardò il muro e io seguii le sue direzioni.

L'infermiera mosse le mani sui controlli e uno degli

schermi che fino a poco prima era pieno di informazioni riguardo ai pazienti si fece nero per circa cinque secondi.

E poi vidi il compagno di mia sorella, il generale Goran, che appariva sullo schermo. A differenza dell'ultima volta, dove era felice e pieno di amore per la sua compagna, ora sembrava un uomo a pezzi. Esausto. Ricoperto di fango e sangue. Dietro di lui c'era una stanza che sembrava essere stata distrutta da un'esplosione.

"Sorella mia, le mie più profonde scuse, ma ho delle cattive notizie."

"Dov'è? Dov'è Mindy? Sta bene?" dissi velocemente, senza nemmeno dargli il tempo di rispondere. Lui sollevò le mani, i palmi all'infuori, per farmi rallentare.

"La mia amata è stata ferita, ma si rimetterà presto. Adesso si trova all'interno di una capsula ReGen."

Guardai Zed. "Una capsula? Che cos'è?" Immagini di Mindy schiaffata dentro una qualche bara aliena mi riempirono la mente. Cominciai a tremare.

"È un dispositivo curativo che utilizziamo per velocizzare il processo di guarigione." La voce di Zed era profonda. Troppo soffice. Dispiaciuta.

"Velocizzare la guarigione di cosa?" Mi girai verso il compagno di mia sorella. "Cos'è successo a Mindy?"

Gli occhi di Goran si fecero scuri, non in modo sexy od emotivo, ma in modo mortale. Quello ero lo sguardo di un predatore spietato. "Un assassino ci ha colpiti poco prima che cominciasse l'Alto Consigliere Tark ci richiamasse all'ordine."

Il sangue mi martellava nella testa, con una tale forza che riuscivo a malapena a sentire quello che diceva. "Un assassino? Perché qualcuno dovrebbe voler uccidere mia sorella?"

"Perché è mia. E io sono il generale a capo degli eserciti dell'Alto Consigliere. Attaccare la mia compagna è un tentativo di discreditarmi di fronte agli altri leader, far apparire Tark debole, incapace di proteggere la propria gente." Goran ebbe il buon senso di apparire a disagio. Se avessi potuto, avrei attraversato lo schermo e l'avrei strangolato con le mie mani.

"Quindi?" Ero a un passo dal mettermi a urlare, ma la mia voce era ingannevolmente calma. Se avessi cominciato a urlargli contro, non avrei più smesso. Ero appesa a un filo. "Avrebbero dovuto uccidere la sua compagna, allora. Non la tua."

Il sospiro di Goran mi fece sentire come se pesassi una tonnellata. "Eva, la compagna dell'Alto Consigliere, è in travaglio. Partorirà tra pochi giorni."

"E quindi al meeting c'era anche mia sorella? Perché? Come rimpiazzo? Per cosa? Fa parte del consiglio? Non capisco."

"Io sono orgoglioso della mia compagna, Violet. Tua sorella è bellissima, e forte, leale e remissiva. Dimostrare davanti a tutti di avermi accettato invia un potentissimo messaggio al consiglio e ai miei nemici."

Ora stavo proprio per urlare. Sentii la rabbia che mi montava dentro, fino a quando la mano pesante di Zed non si poggiò sulla mia spalla. Il suo tocco era come ghiaccio sul fuoco. Mi calmò. Mi permise di respirare. Mi ricordò che non ero da sola, che non lo sarei stata mai più. "Stavi mettendo Mindy in mostra, e lei stata colpita dai danni collaterali."

Goran chinò il capo, il suo dolore era così forte e reale che riuscivo letteralmente a sentirlo attraverso il monitor. "La sua presenza era una dimostrazione di forza calcolata. Dimostrava la fiducia che l'Alto Consigliere ripone in me. E io ho fallito. L'assassino è riuscito a oltrepassare le nostre guardie, tutta la sicurezza, e ha attaccato la mia compagna... davanti ai miei occhi. Ero inutile, non ho potuto aiutarla. Non me le perdonerò mai, e darò la caccia a quell'uomo fino a quando non l'avrò distrutto."

"Quindi è riuscito a fuggire? Ha sparato a mia sorella e l'ha fatta franca?"

"Sì."

"Avevi detto che sarebbe stata al sicuro. Me lo avevi *promesso*." La mia voce si fece pericolosamente bassa, e io volevo odiarlo per aver permesso che Mindy venisse ferita, ma non ci riuscivo. Era ovvio che lui qui era quello che soffriva più di tutti. Non aveva senso prenderlo a calci mentre era a terra.

"Lei *è* al sicuro," rispose Goran. "Siamo stati traditi da qualcuno dei nostri. Non preoccuparti, sorella mia, giurò che scoverò il traditore e gliela farò pagare."

Sì. L'avevo già sentito dire. Sembrava che Goran fosse più bravo a fare promesse che a mantenerle. Mi aveva promesso che Mindy sarebbe stata al sicuro, ma ora lei si trovava in un qualche specie di capsula curativa. Ferita. Non avrebbe dovuto permettere che accadesse!

"Nessuno fa del male a mia sorella e la fa franca," dissi. Zed spalancò gli occhi. "Nessun uomo, nessuna donna, nessun alieno."

"Me ne occuperò io, sorella," disse Goran.

Adesso non avevo nessuna intenzione di addentrarmi nelle complessità dell'ego del maschio alfa, anche se l'unica cosa che volevo fare era strangolarlo. Se ne occuperà lui? Sì, come no. Così come si era preso cura del resto.

"Con il dovuto rispetto, Generale, ma tu sei un uomo solo. Io ho tre compagni che mi aiuteranno a trovare il bastardo. Chiunque egli sia. Veniamo lì per aiutarti. Se ha fatto del male a Mindy, lo voglio morto."

"Oh, no." Zed tagliò l'aria con la mano e Goran scosse il capo."

"No," rispose bruscamente Goran.

"Cazzo, no," aggiunse Zed. "Non ti lascerò andare in una zona così pericolosa. È il mio dovere – e anche quello di Axon e Calder – tenerti al sicuro. Il modo più facile per farlo e di tenerti qui e di permettere al compagno di Mindy di prendersi cura di tutto quanto."

"Va bene. Voi maschi alfa siete veramente testardi. Ma io non sono una prigioniera, né una schiava. Io ci vado. Se devo, ci andrò da sola," risposi stringendo gli occhi e minacciando Zed.

L'infermiera era abbastanza furba da restarsene in silenzio.

"Cazzo, no," ripeté Zed. "Non ti lascerò andare. Né te lo permetteranno Axon e Calder. Loro sono sicuramente d'accordo con me: la tua sicurezza anzi tutto."

"Goran ha detto che Mindy è al sicuro. Se lo dice, dev'essere così." Mi rigirai verso lo schermo e guardai Goran con uno sguardo severo, sfidandolo a contraddirmi. Avrebbe significato che Mindy era veramente in pericolo. "Quindi, Generale, è al sicuro o no?"

"Mindy è al sicuro," disse Goran. "Ma dobbiamo ancora trovare il traditore. E giustiziarlo."

"Allora io andrò da Mindy. La mia gemella. È ferita e

io voglio stare con lei. Voglio vedere con i miei occhi come sta, e resterò con lei durante la convalescenza." Mi misi le mani sui fianchi. "E i miei compagni faranno tutto il necessario per aiutarti a trovare il traditore. Se io sono tua sorella, allora Mindy è la loro. Abbiamo il diritto di aiutarvi."

"Niente convalescenza, compagna. Mindy sarà completamente guarita, una volta uscita dalla capsula," mi disse Zed, ma io lo ignorai. Mia sorella aveva bisogno di me. Fine della questione. Avrei contattato la Custode Egara, l'alto consiglio galattico, la coalizione, i super-dèi-alieni-dei-miei-stivali, se era necessario. In un modo o nell'altro sarei andata da lei.

"Allora io resterò al *sicuro* ma al suo fianco, mentre voi aiutate Goran a rintracciare la persona che l'ha ferita." Guardai il *padrone* di mia sorella per fargli sapere quanto furiosa fossi.

Zed non disse nulla. Si limitò a studiarmi. Io lo guardai negli occhi, gli lasciai vedere quanto importante fosse per me mia sorella. Ero irremovibile.

"Funziona così, Zed. Mia sorella, la mia *famiglia*, è stata ferita. Io andrò da lei. Va bene, voi ve ne andrete in giro a dare la caccia ai tipi cattivi, e noi ce ne resteremo sedute e tranquille, *al sicuro*. Un compromesso. Anche *tu* devi giungere a un compromesso e lasciarmi andare da lei. L'hanno ferita. Sarà spaventata. Noi ci sosteniamo. Sempre. Lo capisci?"

Restò ancora in silenzio.

"Io vado. Con o senza di te."

Certo, lui poteva sopraffarmi con facilità, ma se l'avesse fatto avrebbe sì vinto questa battaglia, ma non la guerra. Questo abbinamento, il nostro matrimonio o quello che era, era più importante di questo singolo evento. Se mi avesse tradita ora, non glielo avrei mai perdonato. Se fosse successo qualcosa a Mindy, mentre io ero lontana, non avrei perdonato *nessuno* di loro. La vita è piena di momenti, alcuni sono belli, altri sono brutti. Se dovevamo far funzionare questa relazione, se volevamo essere una famiglia, se volevano che mi fidassi di loro, che dipendessi da loro, allora i miei compagni dovevano supportarmi nei momenti più importanti. Mindy era la mia sorella gemella, era letteralmente la mia altra metà. E questo era importante. Era molto importante.

"Inviaci le coordinate per il trasporto," disse infine Zed massaggiandomi il collo con il pollice. "Saremo lì non appena ho informato gli altri."

Goran fece un leggero inchino. "Benissimo. Mindy resterà nella capsula per altre sedici ore. Quando si sveglierà, forse la tua presenza la conforterà. So che la capsula ReGen la guarirà completamente, ma deve rimanere a letto per alcuni giorni, deve rimettersi in sesto. E con i tuoi compagni al tuo fianco, penso proprio che sarà al sicuro."

"Grazie. Arriveremo il prima possibile."

Lo schermo si fece nero e io mi girai nell'abbraccio di Zed, permettendo alla sua forza e al suo calore di scaldarmi. Dio, era così bello poter contare su qualcuno, avere qualcuno che mi aiutasse a prendermi cura di mia sorella. Avevo fatto tutto da sola per così tanto tempo che avevo paura di credere che tutto ciò fosse reale. Che lui fosse reale. Che io non ero da sola. Per la prima volta in vita mia.

La voce profonda di Zed mi rimbombò nell'orecchio

che premevo contro il suo petto. "Axon e Calder non ne saranno contenti."

Lo guardai, gli accarezzai le guance e lasciai che il mio cuore mi illuminasse lo sguardo. Volevo che sapesse quanto tutto ciò fosse importante per me. Quanto *lui* fosse importante. "Grazie, Zed. Io le voglio bene."

"Lo so, amore mio. Noi vogliamo darti tutto ciò che desideri. Gli orgasmi, la famiglia... ma *devi* restare al sicuro. Questa è la mia unica condizione."

"Che avete voi tipi dello spazio? Siete tutti così arroganti e protettivi. Goran viene da un altro pianeta, ma con Mindy si comporta allo stesso modo."

Mi afferrò le mani, ne baciò una, poi l'altra.

"Tu sei la mia compagna. È mio dovere, il mio privilegio assicurarmi che tu sia felice, in salute e *al sicuro*. Su, andiamo alla stanza per il trasporto prima che cambi idea."

Sembrava che dopotutto ci stavo andando eccome su Trion.

axon, centro medico, Avamposto Due, Trion

I RE mi avevano avvertito che avere una terrestre come compagna non sarebbe stata una passeggiata. Pensavo che fosse perché erano così diverse da noi, con degli usi e costumi piuttosto insoliti. Per Violet la transizione dalla Terra a Viken sarebbe stata così grande che forse avrebbe finito per sconvolgerla. Troppo strana, troppo tutto. E con tre compagni, divenire una sposa Viken era solo più difficile.

Ma loro non parlavano di questo. No, loro parlavano di problemi *veri e propri*.

Sophia, un'altra terrestre, invece di venire trasportata dai suoi compagni, era stata spedita in un avamposto sperduto dove avevano provato a ucciderla. Quegli idioti l'avevano scambiata per la regina Leah. I suoi compagni –

Gunnar, Erik e Rolf – erano dovuti andare a cercare nelle foreste di Viken, e ci erano volute ore prima di trovarla. Aspettare l'arrivo di una compagna solo per poi scoprire che le coordinate erano state cambiate mi avrebbe fatto venire un colpo al cuore.

Bella, l'altra terrestre che era stata abbinata a tre Viken, era stata rapita dalla sorella di uno di loro, in un tentativo da parte dei Separatisti di infiltrarsi nel CIQ e distruggere le comunicazioni tra il pianeta e il resto della Coalizione. I rapitori ce l'avevano quasi fatta a trasportarla verso una distante stazione schiavistica al di fuori del controllo della Coalizione, un atto che avrebbe distrutto lei e i tre guerrieri suoi compagni.

Sentendo questi racconti non avevo potuto far altro che mettermi a ridere. Cose da pazzi. Sì, per me erano dei racconti. Ma non mi ero mai sbagliato così tanto in vita mia. Solo ora comprendevo appieno cosa avessero passato quei guerrieri per proteggere l'unica donna destinata ad essere loro.

Ora come ora non stavo passando ore intere a scopare la mia compagna. Non le stavo mostrando Viken Unita, non stavo imparando a conoscerla, non le stavo facendo ammirare la bellezza del nostro pianeta.

Non la stavo martellando con il mio cazzo, né la stavo ricoprendo di attenzioni e devozione, non stavo coprendo ogni centimetro del suo corpo perfetto con i miei baci.

No.

Adesso eravamo su quel cazzo di Trion perché qualcuno aveva ferito sua sorella. Ci trovavamo nell'unità medica di fronte a una sfilza di capsule ReGen. Avevo messo il braccio attorno alle spalle di Violet per cercare di confortarla. Calder era alla sua sinistra, appoggiato al muro come per non farlo cadere. Zed era in piedi alla nostra destra, una statua di marmo, lo sguardo che analizzava ogni singolo dettaglio all'interno della stanza, delle persone, dell'intera situazione. Qui eravamo esposti. Vulnerabili. Nessuno di noi era mai stato su Trion, e dopo che Zed ci aveva detto che qualcuno aveva attentato alla vita di Mindy era chiaro che non potevamo garantire la nostra sicurezza. Noi tre eravamo addestrati e perfettamente in grado di difenderci, ma non piaceva il fatto che Violet fosse qui, che l'avessimo portata in un posto dove rischiava di essere uccisa.

Ma la nostra compagna era al sicuro in mezzo a noi. Noi cercavamo di restare impassibili, ma riconobbi negli altri due guerrieri la stessa tensione che provavo io. Una sensazione che sarebbe svanita una volta ritornati su Viken. No, una volta ritornati nei nostri nuovi alloggi, con Violet nuda e sotto i suoi tre compagni, preferibilmente con i nostri cazzi dentro di lei allo stesso tempo. Per rivendicarla come nostra.

Il nostro sguardo era fisso sulla copia identica della nostra compagna che giaceva distesa nella capsula. Era spenta, ingrigita dal dolore e dalla perdita di sangue, e anche se si trovava nell'unità curativa, nessuno di noi riusciva a calmarsi. Men che mai la nostra compagna. Si divincolò dal mio abbraccio e si avvicinò al corpo di Mindy protetto dal metallo e dal vetro. Era come una bestia in gabbia. Fece avanti e indietro. Avanti. Indietro. Avanti. Indietro.

Subito dopo aver parlato con Goran, Zed aveva contattato noi due per informarci riguardo il piano.

Andare su Trion non mi eccitava neanche un po'. Era pericoloso. E la sorella di Violet era stata ferita. Infatti, io volevo passare un bel po' di tempo a interrogare il Generale Goran, chiedergli come avesse potuto permettere che accadesse. E, a giudicare dallo sguardo sul suo viso, Calder pensava la stessa cosa.

Ma Calder apprezzava l'affetto per i familiari più di quanto non facessimo io o Zed. Lui veniva dal Settore Uno, dove la famiglia era la cosa più importante di tutte. Ma ora tutta la sua famiglia era morta, ed era come se lui avesse perso un braccio. Una compagna – Violet – rappresentava per lui l'inizio di una nuova famiglia. Era così per tutti noi. E, per estensione, anche Mindy ora faceva parte della nostra famiglia. E, purtroppo, anche il Generale Goran.

Avrei fatto di tutto per Violet, l'avrei persino portato su Trion, come le avevamo promesso, ma non se poteva essere in pericolo. Ma, cazzo, sua sorella era stata ferita e io non potevo biasimarla: voleva stare con lei. Non mi piaceva. Non piaceva a Zed. Persino Calder era teso. Viken. Dovevamo pazientare fino a quando non ci saremmo tornati.

Io non avevo nessun problema con Trion. Era un bel pianeta. Bella gente. Avevo combattuto con degli ottimi guerrieri della Coalizione che venivano da qui, sapevo qualcosa del pianeta in base ai loro racconti, dalle lezioni di geografia universale di quando andavo a scuola, ma non era per niente come me l'ero immaginato.

Non era verde come Viken. C'era sabbia dappertutto. Un clima desertico, le strutture di questo avamposto erano fatte di stoffa: delle dimore temporanee da spostare alla bisogna. La tecnologia al loro interno – le medicine e il trasporto – era la stessa che avevamo anche noi. Ma forse le somiglianze finivano qui. I loro usi e costumi erano estremi. Goran era un alto ufficiale, com'era chiaro dai colori delle sue vesti. Ma la sua compagna all'interno della capsula era nuda, solo un leggero bagliore le copriva le vergogne, ma, lo stesso, riuscivo a discernere con chiarezza la linea della catene che legavano gli anelli che portava ai capezzoli.

Era chiaro a tutti che Goran era il compagno di Mindy. Quando avevamo parlato con loro attraverso lo schermo, lui le incombeva dietro dominandola. Non era sbagliato, solo… diverso. Il bisogno di Zed di dominare Violet era simile, a lui quello piaceva fare a letto, ma la società dominata dai maschi di Trion – dentro e fuori dalla camera da letto – mi aveva fatto vedere le cose in modo diverso.

Ovviamente, a Mindy queste cose piacevano, se i test l'avevano abbinata a Trion. E sembrava felice. L'unione era ufficiale, completa. E ora, a giudicare dal modo in cui Goran riusciva a malapena a mantenere il controllo di sé mentre aspettava che Mindy si riprendesse, era chiaro come il sole quanto lui l'amasse. Era completamente suo. Il suo bisogno per lei governava ogni sua azione. Lui, più di tutti, voleva che lei stesse bene, anche se io questo non l'avrei detto a Violet.

Anche io volevo che stesse bene, ma volevo che Violet fosse il più possibile lontana da qui.

Ma quello non sarebbe accaduto fino a quando il timer della capsula ReGen non fosse scaduto, la macchina non avesse completato il processo di guarigione e Mindy non avesse dimostrato a tutti quanti di stare bene. Fino ad allora, Violet avrebbe continuato a preoccuparsi, a dubitare che lei potesse guarire. Non aveva familiarità con le capsule ReGen e non aveva creduto al dottore che le aveva detto che Mindy sarebbe stata bene. Lei doveva solo starsene distesa qui, inconscia, e sarebbe guarita. Violet ci aveva detto ci come i dottori della Terra tagliassero e aprissero i loro pazienti, usassero scalpelli e altri strumenti per guarirli, e che poi dovessero ricucire il paziente. Che primitivi. C'era da meravigliarsi che Violet e Mindy fossero sopravvissute così tanto tempo su un pianeta primitivo come la Terra.

Guardare il timer era come guardare la macchina che preparava il nostro cibo.

Violet poggiò la mano aperta sul vetro. "Le ferite di cui ha parlato il dottore," tremò e prese un respiro profondo, "l'avrebbero uccisa, fossimo stati sulla Terra. Niente avrebbe potuto riparare degli organi tanto danneggiati. Ma qui, sembra che siano delle ferite lievi."

"Nessuna ferita è lieve quando si tratta della mia compagna," disse Goran in modo brusco. Aveva i pugni stretti, il corpo rigido. Se ci fosse stata Violet lì dentro, io sarei stato altrettanto teso.

Infatti, era strano vedere Mindy lì dentro. Le due sorelle si somigliavano in modo sinistro. Come i re di Viken, uno uguale all'altro tranne che per il taglio di capelli e il loro atteggiamento. Cresciuti in tre settori differenti, le personalità dei tre re si completavano a vicenda.

Ma ora, vedere Mindy con gli occhi chiusi e in stasi, poteva benissimo trattarsi di Violet. Fui attraversato da un brivido. Cazzo, non avrei mai permesso che soffrisse.

"Generale," disse un uomo sulla soglia.

Goran sollevò la testa e raggiunse il messaggero con passi rapidi.

"L'Alto Consigliere ha risposto. Le è stato negato il permesso. In una situazione di tale pericolo, e con la compagna di Tark che potrebbe partorire da un momento all'altro, è richiesta la sua presenza."

Goran contrasse la mascella, ruotò le spalle all'indietro. Era come pronto ad implodere. "Benissimo. Ma informa l'Alto Consigliere che non saremo in grado di usare Mindy così come avevamo pianificato. Si trova ancora nella capsula ReGen e dovrà restarci ancora per un bel po'."

"Gli altri consiglieri non saranno contenti di ciò. La sua assenza ci farà apparire deboli agli occhi di tutti gli altri."

"Che ti fotta il consiglio," disse Goran. "Ditegli che mi rifiuto di esporre ulteriormente la mia compagna solo per attirare un traditore – anche se fosse sveglia. Non la userò come esca. Non di nuovo."

"Sì, signore."

Goran si girò di nuovo verso di noi e si avvicinò alla capsula curativa.

Io non gli prestai attenzioni, avevo occhi solo per Violet. Non mi piacque il suo sguardo tagliente, il modo in cui inclinò la testa.

"Che cosa vuol dire usarla come esca?" chiese Violet a Goran.

Le spalle del pover'uomo crollarono e lui si sporse in avanti passando la mano sul coperchi trasparente che racchiudeva la donna che amava. "Le donne ci hanno convinto a far esporre Mindy, per attirare il traditore allo scoperto."

"Quali donne?" chiese Zed.

"La mia. E quelle di Tark. Anche la compagna dell'Alto Consigliere viene dalla Terra, una bellissima donna di nome Eva. Le donne della Terra sono testarde, come sono sicuro che vi sarete accorti." Anche se stava parlando con Violet, Goran guardò me, Calder e Zed. "Mindy ed Eva ci hanno convinti a farlo. Per colpa della mia tracotanza, credevo di essere in grado di proteggerla, che il traditore avrebbe colpito me o Tark, e non una delle nostre compagne."

"E vi siete sbagliati." Violet non ottenne risposta dal suo nuovo fratello, il che era un bene, perché Calder se ne stava pericolosamente zitto, guardando Mindy e immaginandosi che lì sotto al coperchio della capsula ci fosse Violet, ferita e sanguinante. Dolorante.

Per niente al mondo avremmo acconsentito a una cosa del genere, si fosse trattato di Violet.

Goran alzò gli occhi su Violet e i due si fissarono sopra la donna che entrambi amavano. "Mi sono sbagliato. L'attacco è stato veloce, ben organizzato. L'assassino è entrato e uscito nel giro di un secondo. Non l'abbiamo nemmeno visto."

Zed si schiarì la gola. "E che cosa ci guadagna l'assassino a colpire una donna indifesa?"

La parola *indifesa* fece irrigidire Violet, ma lei deglutì con forza e aspettò che Goran rispondesse. Era vero: qui su Trion le donne erano piuttosto indifese, dipendevano dal loro compagno in tutto e per tutto. Era quello che volevano, si accontentavano di lasciare il controllo all'uomo. Eppure, guardando Goran, anche se era lui quello che controllava i due, era Mindy che possedeva tutto il potere. Il potere di ridurlo completamente alla sua mercé.

"I consiglieri, soprattutto l'Alto Consigliere Tark, hanno sempre dimostrato il loro dominio attraverso la qualità della donna che hanno scelto di servirli, di inginocchiarsi ai loro piedi e dimostrare apertamente a chiunque di essere sottomesse al loro padrone. Migliore è la donna, maggiori sono la fiducia e il rispetto che lei conferisce al proprio compagno. Non potendo Eva partecipare al meeting a causa delle sue condizioni fisiche, e a causa dell'agitazione politica tra i consiglieri, Tark si sarebbe trovato in una posizione di svantaggio, se ci io l'avessi supportato senza Mindy che si inginocchiava dinanzi a me. Gli equilibri di potere su Trion sono estremamente delicati, cementificati da politiche e tradizioni che risalgono a migliaia di anni fa."

"E quindi, la mia *indifesa* sorella che si inginocchia davanti a un mucchio di consiglieri avrebbe dato a te e Tark altro potere?"

Goran annuì. "Sì."

"Cose da pazzi." Violet gettò le mani in aria. "Io non capisco."

"Mindy è rara e bellissima. Una Sposa Interstellare. Amata e rispettata sopra a tutte le altre. E così anche Eva. Compreso me, solo tre guerrieri nel consiglio hanno tale privilegio. Il Consigliere Roark è potente, un alleato di Tark. La sua compagna si chiama Natalie. Tark è l'Alto Consigliere, e lui ha Eva. Io ho giurato di essere il suo secondo. Lo sono da anni. Avere tre donne di tale portata gli permette di ottenere potere e rispetto in tutta la galassia. Con il potere viene la stabilità. Il controllo. Specialmente dopo che Natalie ha dato un figlio a Roark.

Ed Eva sta per fare altrettanto con Tark. Ci sono persone che desiderano sottrarci ciò che ci appartiene. O di distruggerlo."

"Uccidere mia sorella. Uccidere anche Eva. E Natalie."

"Sì. Hanno provato più volte a uccidere Natalie e suo figlio. Molti consiglieri seguono ancora le vecchie usanze, come quel bastardo di Bertok, che esige che si ritorni alle vecchie tradizioni, quando si condivideva la stessa donna nella tenda dei consiglieri, e la si picchiava fino a farla sottomettere, invece di addestrarla dandole un piacere infinito. Bertok era adirato quando arrivò la compagna di Tark, quando Tark si è rifiutato di presentare Eva agli altri. Quando non l'ha picchiata e non l'ha data a Bertok per farne quello che voleva."

Violet si accigliò. "È disgustoso."

Ero d'accordo. Anche se a Calder piaceva mettere in mostra la sua compagna, lasciare che gli altri lo vedessero mentre la scopava, che guardassero mentre godeva, tutto ciò era dettato dall'orgoglio. Niente a che vedere con queste pratiche *degradanti*. Calder non avrebbe *mai* dato Violet a nessun altro, se non ai suoi compagni. Non l'avrebbe mai ferita solo per dimostrare la sua forza. Nessuno di noi l'avrebbe mai fatto.

"Pensi sia così?" chiese Goran studiando Violet. "Noi facevamo così, anni fa, condividevamo la nostra donna. Non fanno così anche i Viken? Non sei venuta qui con tre compagni?"

"Questo è diverso. Loro non sono miei. Non tutti. Sono come in prestito, fino a quando non ne scelgo uno."

Quelle parole mi tolsero il fiato. *Loro non sono miei.*

"E tu desideri scegliere?"

"No."

Grazie, cazzo. Non desiderava scegliere, ma sentiva che doveva farlo. Questo sarebbe cambiato. Glielo avremmo dimostrato. Ci avrebbe scelti tutti e tre, così come voleva la sua mente subconscia.

"Se ne andrebbero, piuttosto che condividere il tuo amore?" Goran sollevò le sopracciglia, scioccato, ed evitò di guardarci, lo sguardo fisso su Violet. "Allora i tuoi compagni sono degli sciocchi. Io condividerei Mindy con una dozzina di guerrieri, se fosse necessario per tenerla al sicuro. E felice."

"Una dozzina?" disse Violet senza nascondere la sua irritazione. Strinse i pugni, e subito la rilassatezza di Calder svanì. Fece un passo in avanti, pronto a intervenire caso mai Violet attaccasse fisicamente il generale. Beh, intervenire, oppure riempirlo di botte. Non ne ero sicuro. "Questo pianeta fa schifo. Mindy starà meglio, e io la porto a casa con me. Dove non ci sono vecchiacci che se la vogliono scopare di fronte al consiglio perché li fa sentire importanti, o che chiedono di stare a guardare mentre la picchiano."

Goran strinse gli occhi. "Quello che vuole Bertok e quello che io permetterò che accada sono due cose molto diverse tra loro. Mindy è mia. Si è arresa alle mie cure, quando ha accettato l'abbinamento. Quando è arrivata qui e ha accettato il mio cazzo dentro di lei. Di sua spontanea volontà. Io non picchio la mia compagna. A volte lei implora alla ricerca di un po' di dolore. A volte ha bisogno di cose che solo io posso darle. Io mi prendo cura di lei, e pongo la sua vita al di sopra di tutto. Non insultarmi mai più in quel modo. Tu ami tua sorella, proprio come me, e quindi, per questa volta, ti perdonerò questo accesso di maleducazione. Ma non compiere di nuovo lo stesso errore. Nessuno me la porterà via e potrà raccontarlo in giro. Non minacciarmi, donna." Fece un passo verso Violet. Ma, anche se era arrabbiato, sapevo che non avrebbe fatto del male alla mia compagna. Lo faceva arrabbiare il fatto che Mindy fosse ferita, e questa tirata serviva più a calmarlo che a spiegarsi di fronte alla sua nuova cognata. "Non minacciare ciò che è mio."

"Oppure?" chiese Violet mettendosi le mani sui fianchi. "Picchierai anche me? Provaci. Provaci e vediamo che te ne viene."

Oh, cazzo. Zed si mosse. Violet tremava di rabbia, e le cose stavano andando di male in peggio. Calder era troppo protettivo per pensare lucidamente, e Zed era troppo freddo e calcolatore per farsi indietro. Goran aveva appena minacciato la nostra compagna.

Mi feci avanti e trascinai Violet via dalla capsula ReGen, le strinsi le braccia attorno al corpo e la abbracciai. Lei lottò per qualche secondo... ma senza provare a divincolarsi. Più per lasciar sfogare la rabbia. La strinsi fino a che non smise di muoversi, fino a che non si fu calmata. Grazie agli dèi anche Calder e Zed erano immobili.

"Perché non ci diamo tutti una bella calmata? Siamo tutti dalla stessa parte, Violet," dissi mormorandole nell'orecchio. "Goran è il compagno di Mindy. Lui l'ama. È arrabbiato perché è ferita, odia sé stesso per aver permesso che accadesse. Non farebbe mai del male a tua sorella. Respira."

Violet tremò, ma mi permise di stringerla fino a quando il silenzio non calò sulla stanza. Era così bello stringerla tra le mie braccia. Era calda, docile, eppure era tesa come la corda di un arco.

Scosso e chiaramente preoccupato, Goran utilizzò il suo comunicatore per ordinare a due guardie di venire nella stanza e ad altre due di piazzarsi fuori nel corridoio. Una volta che le guardie si furono sistemate, Goran baciò il coperchio a pochi centimetri dal volto sinistramente familiare di Mindy. "Tornerò, amore mio. Te lo prometto."

Violet mi strinse i polsi tra le mani, una stretta fortissima. Stavo per chiederle cosa ci fosse che non andava, ma lei disse: "Aspetta, Goran. Vengo con te."

"No."

"No."

Zed e Calder parlarono all'unisono e Goran la guardò con un'espressione confusa. "Perché? Tua sorella è qui. Guarirà. Dovresti essere qui quando si sveglia, proprio come desideri."

Violet scosse il capo e mi lasciò andare i polsi. "No. Vengo con te. Chiunque abbia provato a uccidere Mindy è ancora là fuori. Non appena si sveglierà, sarà di nuovo in pericolo. Portami con te. Prenderò il suo posto. Farò finta di essere lei. L'assassino pensa di averla uccisa, o quantomeno di averla ferita, no? Se Mindy è al tuo fianco, sana e salva, l'assassino si infurierà. Si troverà spiazzato. Lo attireremo allo scoperto. E commetterà un errore. Il piano di Mindy ha funzionato. L'assassino ha fatto la sua mossa. Ha provato a ucciderla. Ci proverà di nuovo, e poi di nuovo, fino a quando non ci riuscirà. E poi daranno la caccia a Eva, e poi a Natalie. A tutte le Spose Interstellari che verranno su Trion. Non posso lasciare Mindy sapendo che corre tali pericoli, e tu non mi permetterai di portarla con me su Viken. Quindi dobbiamo catturare l'assassino. Non possiamo dargliela vinta. Dobbiamo porre fine a questa storia, oppure lei non sarà mai al sicuro. Mai."

"Violet –" stavo cercando le parole, un modo per farla ragionare, ma lei si girò verso di me.

"No. Mia sorella è in pericolo. Devo farlo. Nessun altro può farlo. Siamo identiche. Nessuno può distinguerci e, qui su Trion, nessuno sa che io esisto. Mi metterò i vestiti di Mindy, guarderò Goran come se fosse l'amore della mia vita, lascerò che tutto il consiglio pensi che io sia la sua compagna. Se l'assassino la vuole morta, mi verrà a cercare, e tutti ci sarete *voi quattro* a fermarlo."

Avevamo capito – prima sulla Terra e poi sul Viken quando ci avevano detto che sua sorella era stata ferita – quanto testarda fosse Violet. Quando si trattava di sua sorella, lei non era una semplice roccia, ma una montagna intera. Sì, i re avevano ragione. Le donne della Terra erano difficili. Sfiancanti. Sexy da morire e dannatamente frustranti.

Guardai Calder e la sua espressione imperscrutabile; poi Zed, i cui occhi erano piedi di freddezza, e allora capii. L'avremmo fatto, che ci piacesse o no. Tutto ciò doveva finire. Mindy doveva poter vivere al sicuro, o Violet non sarebbe mai stata tranquilla. Si sarebbe preoccupata di continuo, perché lei era fatta così. E lo sarebbe sempre stata. Sarebbe stata così con i nostri bambini. Feroce, leale, devota. Nessuno avrebbe potuto mai fare loro del male. E ora, Violet aveva bisogno di proteggere sua sorella – e noi, i suoi compagni, dovevamo proteggere lei.

Zed avrebbe parlato per conto nostro. Aveva preso il comando della nostra nuova, fragile famiglia, e io non ero sicuro di poter pronunciare anche una sola parola. Le parole che avrebbero messo Violet tra le braccia del pericolo.

"Molto bene, ma noi saremo lì con te, Violet." Zed guardò Goran. "Dacci dei vestiti, ci mimetizzeremo in mezzo alle tue guardie. Lei farà finta di essere la tua compagna, ma noi non la perderemo di vista nemmeno per un secondo."

11

Violet, Pianeta Trion, Settore Due, Riunione dell'Alto Consiglio

FARE FINTA di essere mia sorella avrebbe dovuto essere facile. Diamine, avevamo cominciato a scambiarci di posto per far fessi gli insegnanti fin dall'asilo. Lei aveva sostenuto il mio esame di Inglese e io avevo fatto lo stesso per lei con gli esami di matematica. Se nella mia classe c'era un ragazzo carino che volevo che mi chiedesse di uscire, mi scambiavo di posto con Mindy così che lei flirtasse con lui per qualche giorno fino a farmi ottenere quello che volevo. Un appuntamento.

Non mi aveva mai dato fastidio il fatto che tra noi due io fossi l'introversa, lei quella espansiva. Che io dovessi farmi un culo così per prendere una A- mentre lei si beccava lo stesso voto senza toccare libro. Noi condividevamo tutto. C'eravamo solo noi contro il resto del mondo. Tutto il resto non aveva importanza.

Fino ad ora.

Odiavo dovermi inginocchiare nella sabbia con un collare attorno alla colla e la testa chinata.

Cazzo, *odiavo* starmene legata a un palo come un cagnolino, appoggiarmi alla gamba di Goran.

Il *vestito* che indossavo era poco più di un panno trasparente che faceva vedere *tutto*. Tutto. Quanto. Inclusi i piercing fasulli che Goran aveva insistito dovevano incollarmi ai capezzoli. Quando la donna che avevano inviato affinché mi aiutasse ad *essere* mia sorella aveva provato a perforarmi i capezzoli con le *decorazioni* del generale, Zed l'aveva guardata, le aveva detto di togliersi dai piedi e lei era scappata via.

Dovevo ammettere che ne ero grata. Lo avrei fatto – non poteva poi fare *così* male, no? – ma veramente non voleva farlo. Non mi erano mai piaciuti i piercing, o i tatuaggi. Mai. Odiavo il dolore, e odiavo ancor di più gli aghi. L'unica cosa che volevo sui miei capezzoli erano le bocche dei miei compagni.

La donna era poi ritornata, timida e spaventata, assieme a Goran. Dopo dieci minuti passati a discutere con il seno al vento – il che era abbastanza imbarazzante – alla fine si era deciso di incollare oro e gioielli sulle ragazze e una catena che pendeva nel mezzo. La punta dei miei capezzoli era nuda e in bella mostra, che spuntava fuori dalla veste in due tagli profondi eseguiti sul materiale diafano. Era osceno, specie con tutto quell'olio profumato che mi inzaccherava la pelle. Me lo aveva messo Zed. Certo, tutto ciò non aveva fatto altro che farmi eccitare, desiderare che le sue mani mi toccassero in altri punti, e quello sarebbero stati solo i preliminari. Sapevo cosa sarebbe successo dopo, e lo volevo.

Forse era quel contatto, il bisogno che avevo di lui, che mi aiutò a farmi sembrare una sirena. O una di quei demoni femminili che facevano impazzire gli uomini e se li scopavano fino ad ammazzarli.

Una succube? Una cosa del genere.

Potevo a malapena guardare i miei compagni, tanto ero arrapata. Sapevo solo che tutto questo non mi piaceva. Nemmeno un pochetto. Zed sembrava furioso, la mascella contratta con una tale forza che temevo si sarebbe spaccato i denti. Lui era quello che mi stava più vicino, in piedi alla mia destra, vicino all'entrata della tenda.

Calder era rosso. Il cazzo duro come la pietra in bella mostra, un bozzo enorme ben visibile dall'altra parte della tenda. A lui piaceva... mettermi in mostra, farmi vedere a tutti quanti. Gli piaceva quello che vedeva e non gli importava che anche altri mi vedessero così. Era fiero di me, ma non ero io quella che veniva messa in mostra, ma la finta Mindy. E, per quel motivo, lo odiava. Non ero quasi nuda – in un modo degradante, come un oggetto sessuale – perché Calder voleva condividere la mia bellezza con gli altri. No, mi trovavo così perché ero ridotta a un pezzo di carne. Un corpo per dimostrare il potere di Goran. E questo era l'esatto opposto di quello che desiderava Calder.

Lui era quello più lontano dei tre. Guardava Goran come se fosse sul punto di mozzargli le mani. Goran si stava comportando in modo rispettoso, il suo grosso palmo poggiato sulla mia spalla era caldo e, in qualche modo, confortante. Ma gli occhi di Calder erano quelli di un omicida. Pieni di gelosia.

Voleva essere lui quello qui al mio fianco, e si stava

chiaramente godendo lo spettacolo... mentre si odiava proprio per questo. Oppure odiava me.

Non volevo starci a pensare troppo. Lui era ancora deciso a farmi scegliere tra loro tre, deciso ad andarsene se non poteva avermi tutta per sé. Io lo volevo, ma volevo anche Zed e Axon. Li volevo tutti e tre. Ma Calder la vedeva diversamente. L'idea di perderlo mi mandava il cuore in frantumi, ma ora non volevo pensarci.

Non mentre Axon mi ammirava come se fossi la più bella creatura che fosse mai esistita. Il suo sguardo mi faceva sentire bellissima. Perfetta. E io non riuscivo a zittire la voglia di ricompensarlo: e così ruotai le spalle all'indietro sollevando i seni e spingendoli fuori per farglieli vedere meglio. Facendo finta di stirarmi e di aggrapparmi alla gamba di Goran, ignorai il compagno di mia sorella e lo usai solo per tenermi in equilibrio mentre stuzzicavo l'uomo che mi apparteneva *veramente*. Axon. Era lui che sarebbe rimasto al mio fianco, a prescindere da cosa avrebbero deciso gli altri due.

Lui era il solo che era in tutto e per tutto mio.

"Consiglieri, cominciamo?" disse l'Alto Consigliere Tark. Era un uomo grosso. Bello in modo brutale, con gli occhi e i capelli scuri. Era quello l'aspetto che dovevano avere gli dèi greci. Capivo perché Eva, la terrestre, ne fosse attratta. Dopo l'attacco a Mindy l'avevano nascosta chissà dove, il che era un peccato, perché mi sarebbe piaciuto un sacco conoscere una delle nuove amiche di Mindy. E faceva sempre piacere parlare con un'altra donna della Terra.

Ma lei era incinta e io non avrei voluto far correre dei pericoli al bambino.

La stanza si zittì e io guardai Goran che parlava, come

mi aveva detto di fare. Mi aveva dato una lista di cose da fare, come si comportava una compagna Trion. Dovevo guardarlo come se fosse la luna e le stelle. L'amore della mia vita. L'uomo a cui io ero devota. Gli avrei permesso di legarmi come un cagnolino, nuda di fronte a una sala gremita di completi sconosciuti.

Sì, come no.

Eppure l'avevo fatto. Per Mindy. Inclinai la testa all'indietro e guardai Goran come se fosse mio, come se il desiderio che mi ribolliva sotto la pelle fosse per lui e lui solo. Guardai le sue labbra e pensai al modo in cui il forte tocco di Zed mi faceva sentire al sicuro, al modo in cui il fascino e la gentilezza di Axon scacciava via ogni mia paura, al modo in cui la passione selvaggia di Calder mi faceva venire voglia di implorarlo e supplicarlo, mi faceva desiderare *ancora di più*.

Non cercai i miei compagni con la sguardo. Diamine, non ascoltai nemmeno Goran né nessun altro degli uomini che stavano parlando. Numerose servitrici camminavano in cerchio, versando vino o acqua, piccoli bocconi di cibo agli uomini presenti al meeting.

Io non aveva né fame né sete. Avevo un unico compito – convincere chiunque avesse provato a uccidere mia sorella che io ero Mindy, che ero viva, e completamente innamorata del potente Generale Goran. A meno che qualcuno sapesse della mia esistenza, sapesse che Mindy aveva una sorella gemella, il piano avrebbe funzionato. Questo poteva pur essere lo spazio, dove la tecnologia superava di gran lunga quella sulla Terra, ma, per quanto ne sapevo, duplicare una persona era ancora al di là delle loro abilità.

―――――

*Z*ED

A ME DELLE macchinazioni politiche di Trion non me ne fregava un cazzo. Non aveva niente a che fare con me, si parlava solo degli scambi commerciali tra i settori, della minaccia rappresentata dai Drover, dovunque fossero. Dopo cinque minuti di dibattito, smisi di prestarvi attenzione. Mi concentrai in modo esclusivo su Violet.

Sui suoi capelli raccolti in una semplice treccia che le cadeva sulle spalle. Goran le aveva accarezzato le ciocche setose, di quando in quando tirandole così da farle alzare lo sguardo su di lui. Lui le sorrideva, lo sguardo di un compagno ben soddisfatto, e lei gli sorrideva in ritorno. Solo allora lo sguardo di Goran tornava a posarsi sugli uomini davanti a lui.

Sapevo che lei stava facendo finta. Quel sorriso era solo per me. Per Calder, e per Axon.

E poi c'erano i suoi vestiti. I vestiti dovevano coprire un corpo, offrire calore, riserbo. I vestiti di Violet non offrivano nulla di tuto ciò. Erano leggeri come l'aria, sottili, perfetti per il clima del deserto. Ma completamente trasparenti. Riuscivo a vedere tutto… e così potevano fare tutti gli altri in questa stanza. E sapevo che lo sguardo di ogni uomo si era fissato su di lei fin da quando era entrata nella tenda con Goran.

La veste fluttuava scendendo sul terreno, stretta alla vita da una sottile fascia di pelle, ma i suoi seni erano bene in vista. E così la sua fica. A coprirla c'era solo una leggera peluria ben rasata. Prima. Ora era bene in vista, e le sue labbra erano chiaramente visibili. Ma erano i suoi capezzoli che spuntavano fuori, sporgendo attraverso i tagli del suo vestito, gli anelli finti ben in evidenza. Ondeggiando sotto il tessuto c'era una sottile catenella e dei dischi d'oro. Mi avevano detto che quelli erano i sigilli di famiglia di Goran, la prova che Violet – no, Mindy – era stata reclamata dal suo compagno. Erano le decorazioni permanenti della compagna di Goran, ma, per Violet, erano una questione temporanea.

Perché una volta ritornata su Viken, le avrei fatto vedere come mi piacevano i capezzoli: nudi e turgidi. E nella mia bocca.

Avevo un'erezione dura come la pietra. Mi era venuta quando avevo cosparso il corpo perfetto di Violet con un'abbondante quantità di olio profumato. Il collo, le spalle, la schiena, i seni, il ventre, e le sue deliziose cosce. Brillava sotto l'illuminazione della stanza. Era bagnata, una vera e propria tentazione. Sapevo che aveva la fica bagnata. Me ne ero assicurato prima di lasciarla andare. Anche se era inginocchiata davanti a Goran e lo guardava con un bisogno che ero stato io ad attizzare, sapevo che era a causa mia. Per me.

Se doveva far finta di adorare Goran, l'avrei aiutata io. Non volevo che fosse quello stronzo a farle venire quell'espressione in faccia. No. Nemmeno lui lo voleva. Erano identiche, ma la sua compagna, quello che rispondeva al suo tocco, al suo compagno, era ancora in fase di guarigione.

Violet era mia. Nostra.

Odiavo questa cazzo di situazione. Vederla nuda.

Condividerla con Calder e Axon era una cosa. Lasciare che questi maschi di Trion la divorassero con gli occhi un'altra. E quello stronzo di Bertok... cazzo, non c'era stato nemmeno bisogno che me lo indicassero.

Era un cazzo di vecchio libidinoso. Gli altri uomini avevano ammirato Violet, riuscii a vedere con evidenza i loro cazzi che saltavano all'attenti sotto le loro vesti, ma era Bertok che la studiò con intento malefico. I suoi pallidi occhi blu la squadrarono da capo a piedi mentre si leccava le labbra. Chissà se aveva una compagna, se fosse ancora vita. Povera donna.

Quando tutto ciò sarebbe finito, avrei rimediato al desiderio che avevo instillato in Violet. Riuscivo a vedere i suoi capezzoli turgidi – e così tutti quelli in questa cazzo di tenda – e, vedendola contorcersi – era chiaro che il potere del seme l'aveva conquistata, che stava morendo di desiderio. Era passato meno di mezza giornata da quando l'avevo scopata nell'unità medica di Viken. Troppo tempo perché una nuova compagna potesse resistere senza impazzire. E, per Violet, con tre compagni a scoparla, il suo bisogno sarebbe stato estremamente intenso.

Era qualcosa che Goran non poteva capire, la credeva un'attrice fenomenale. Sapevo che lei aveva bisogno che le sollevassi quel vestito, le allargassi le cosce e le dessi piacere con la mia bocca. Avrei assaporato la dolcezza della sua fica, mi sarei sporcato il mento e la bocca con i suoi umori. Le mie dita l'avrebbero esplorata in profondità, l'avrei penetrata e leccata fino a quando non sarebbe venuta, ancora e ancora.

L'avrei fatta implorare. Avrei ordinato agli altri di darle piacere mentre io guardavo quegli occhi, quegli occhi emotivi, che mi dicevano quello di cui lei aveva bisogno. Il suo corpo era il mio tempo, e io mi sarei assicurato che venisse venerato a dovere. Ancora e ancora, fino a quando non sarebbe stata distrutta. Tutto l'oro e tutte le decorazioni di Goran erano nulla. Vuoti simboli di possesso. Aveva capito Goran che per possedere veramente una donna aveva bisogno del suo cuore? Della sua resa? Della sua fiducia incondizionata? Oppure le catene e i dischi erano un segno per dimostrare a tutti quanti a chi apparteneva? Era qualcosa che Calder avrebbe compreso meglio di me.

Ripensai allo sguardo tormentato negli occhi di Goran mentre si chinava su Mindy, sui suoi capelli in disordine, sulle profonde linee di dolore che le contornavano gli occhi e la bocca.

Sì. Lui lo sapeva. Capiva. Mindy era veramente sua... e lui l'aveva delusa. Ma lei sarebbe guarita. E sarebbe tornata ad essere sua.

Eppure, io non avrei mai fatto lo stesso errore, non avrei patito la stessa angoscia.

Violet era bellissima ed era bravissima a recitare la sua parte. La fiducia e il bisogno che le brillavano negli occhi erano assoluti, ma non per Goran. Erano per me. Per i suoi compagni. Eravamo tutti qui, e lei si fidava di noi, che l'avremmo tenuta al sicuro, senza distrarci per osservare le sue curve femminili, senza perderci fantasticando con lei che si piegava in avanti, con noi che la sculacciavamo e la scopavamo fino a farla urlare.

Con rimpianto, distolsi lo sguardo da lei. Non l'avrei guardata di nuovo. Avevo un lavoro da svolgere, un assassino da uccidere.

Violet non sarebbe finita in una capsula ReGen come Mindy. No, la mia compagna si fidava di me. Non l'avrebbero ferita. Non avrebbe versato nemmeno una goccia di sangue.

Chiunque l'avesse toccata, sarebbe morto.

12

C *alder*

VOLEVO UCCIDERE QUEL VECCHIO.

Bertok, si chiamava. Era antico, raggrinzito, ma ancora forte. Goran ci aveva detto che il consigliere più anziano aveva almeno novant'anni.

Sembrava ne avesse il doppio. E l'odio puro che aveva negli occhi mentre guardava l'Alto Consigliere Tark aveva tutta la mia attenzione. Il vecchio non si sforzava minimamente di provare a nascondere il proprio disgusto. Il che, per come la vedevo io, lo rendeva il sospettato numero uno dell'attacco a Mindy.

Eppure, il nemico che si esponeva più di tutti raramente era quello che si rivelava letale.

Io della politica di Trion non ne sapevo niente. Sapevo che Mindy apparteneva a Goran e in un certo modo anche a Violet, e che Violet apparteneva a me.

Beh, non ancora. Ma presto. Avevamo ancora diverse settimane per riuscire a sedurla, a conquistare il suo cuore. Sin da quanto l'avevo conosciuta, avevo maturato un certo rispetto per gli altri spasimanti, Zed e Axon. I due guerrieri erano in piedi ai due lati della tenda, come me. E tutti e due non potevano fare a me di guardare intensamente la nostra bellissima compagna.

Questa situazione mi faceva pensare a casa. Lo sguardo adorante di Violet, la sua resa completa di fronte a tutti quanti. Su Viken, nel mio villaggio, una compagna si sarebbe comportata in questo stesso modo per dichiarare il valore del proprio compagno. Gli avrebbe permesso di scoparla in pubblica piazza, di farla urlare così che tutti sentissero.

Questo non era niente di diverso. Scopavano in privato, ma le donne si mettevano sfacciatamente in mostra. Ma lo sguardo lascivo di Bertok non era il benvenuto.

Su Viken, nel Settore Uno, una tale dimostrazione era considerata sacra. Veniva rispettata.

Gli occhi blu di Bertok si accendevano violentemente di lussuria quando guardava Violet. Era uno sguardo che avevo già visto, lo sguardo di un sadico, di un uomo che godeva nel causare dolore."

"È una sorpresa vedere la tua compagna qui, Generale," commentò Bertok ad alta voce per farsi sentire da tutti quanti. "Ci avevano informato che un attacco le aveva portato via la vita. Ma vedo che non è così."

La testa di Violet si voltò verso il vecchio e il bagliore dolce e amorevole dei suoi occhi scomparve venendo sostituito dal freddo calcolo. La differenza era netta, e, ne ero sicuro, l'avevano notata tutti quanti.

Le era stato detto di rimanere in silenzio, di fidarsi del suo *compagno*, il Generale Goran, o dell'Alto Consigliere Tark. Avrebbero parlato loro per lei. Avrebbero difeso il suo onore. Ma io vedevo chiaramente la rabbia che le ribolliva dentro. Violet riteneva che questo vecchio rappresentasse una minaccia per sua sorella e, ora come ora, non potevo non essere d'accordo.

"La minaccia è stata ampiamente sopravvalutata, Consigliere Bertok," rispose Goran. Passò la mano su capelli di Violet con un gesto gentile, possessivo. "Ma grazie per la tua preoccupazione. Come potete vedere, la mia compagna è al sicuro, contenta e felice." Goran si appoggiò allo schienale imbottito della sua poltrona come se non avesse un pensiero per la testa. In volto uno sguardo di pura arroganza. Sembrava che Violet non fosse l'unica attrice dotata in questa tenda.

Alla destra di Goran sedeva l'Alto Consigliere di Trion, un guerriero alto e muscoloso che rispondeva al nome di Tark. Avevamo parlato per meno di un paio di secondi, ma già sapevo che anche lui amava una terrestre, una donna come Violet. Stando a Goran, era uno degli amici più fidati del generale. E ora non sembrava affatto contento. "Consigliere Bertok, voglio sapere chi ti ha dato questa falsa informazione riguardo la compagna del generale. Ci sono state voci infondate anche sulla mia compagna, la bellissima Eva, che tuttora porta in grembo mio figlio."

Bertok fece un leggero inchino. "Alto Consigliere, perdonami. La velocità con cui le false notizie si propagano per tutto il pianeta è sbalorditiva. Non volevo mancare di rispetto. Mio figlio ha sentito i soldati e le loro compagne che ne parlavano. Ma temo di non essere in grado di fornire una risposta definitiva."

Bugiardo. Il vecchio stava mentendo.

Prima di rispondere, i suoi occhi blu fecero più volte avanti e indietro tra Goran e Tark. Gettai un'occhiata a Violet per assicurarmi che si fosse di nuovo voltata verso Goran, che avesse appoggiato la testa alla sua coscia, come se fosse la sua casa. Una servitrice riempì la coppa di Goran con del vino. Mi voltai di nuovo verso Bertok. Guardò il consigliere che si chiamava Roark, l'unico altro uomo nella stanza con una terrestre come compagna.

"E tu, Consigliere Roark?" chiese Bertok. "Dove si trova la tua compagna, la bellissima Natalie?"

Roark sollevò le sopracciglia, ma non abboccò all'amo. "La mia compagna è al sicuro con nostro figlio, Consigliere Bertok. Grazie per la domanda. E come sta la tua compagna? Ho sentito dire che è gravida."

Se la sua compagna era incinta, allora doveva essere di gran lunga più giovane di lui. Provavo pena per la povera donna che doveva soffrire il suo tocco.

"È morta, come ben sapete. Sotto un attacco Drover."

Roark si sporse in avanti facendo un cenno col capo in segno di rispetto – di certo per la compagna morta, non per Bertok. "Le mie condoglianze. Posso inviare dei guerrieri sulle montagne, se c'è bisogno di aiuto. Non è forse la quarta compagna che hai perso allo stesso modo?"

Il suo tono implicava che lui non credeva nemmeno a una parola di quello che diceva il vecchio, e che le compagne di Bertok erano morte per tutt'altro motivo. Guardando il bastardo, potevo solo immaginare quanto fosse orribile per una donna essere sua. Sapere la verità su di lui rese ancora più difficile sopportare le occhiate lascive che lanciava a Violet.

Volevo ucciderlo. Potevo solo immaginare quanto furioso potesse essere Goran, sapendo che la sua compagna si trovava in una capsula ReGen.

La mano di Violet strinsi il polpaccio di Goran, come se lo stesse accarezzando. Confortando. Amando. Non potevo guardare Violet che toccava un altro uomo. Non mentre indossava quella veste che mi faceva venire voglia di scoparmela. Non sapendo che il suo sguardo pieno di amore e fiducia non era solo per me, ma anche per Axon e Zed.

Io ero un bastardo egoista. Ne ero conscio. Lottavo con l'idea di doverla condividere. Scoparla con gli altri – mentre tutti noi le davamo piacere – non era un compito spiacevole. Anzi, pensare a lei che cedeva a noi tutto il controllo mi fece risvegliare il cazzo sotto le vesti Trion.

Era passionevole e temeraria, la nostra Violet. Ma parte di me ancora si aggrappava al vecchio sogno, al sogno di una vita e di una casa nel Settore Uno, non nell'isola-città di Viken Unita. Di reclamarla da solo. Di darle il mio seme, i miei bambini. Di guardarla mentre rincorreva i piccoli che scappavano in mezzo agli alberi per andare a scuola.

Era un sogno vecchio, uno che mi portavo appresso sin da che ero bambino, quando mia madre ci seguiva per andare a scuola, ridendo e cantando mentre correvamo come pazzi in mezzo ai boschi. Era così bella, così piena di gioia. Serena, capace di calmare l'intera famiglia. Di calmare mio padre, il cui umore era selvaggio e imprevedibile ogni volta che ritornava dalla guerra.

Mia madre era il balsamo che ci aveva salvati tutti

quanti. Ma guardando Violet, capii che lei non era per niente come mia madre. Violet era selvaggia e passionevole. Coraggiosa ed esigente. Esternamente era riservata e disciplinata, ma sotto la fredda faccia si agitava una tempesta di emozioni e lussuria. Bisogno. Amore. Ora se ne stava placidamente seduta davanti a noi, ma non era calma, era una donna guerriera, pronta alla rabbia e all'amore. Era il fuoco, laddove mia madre era l'acqua. Due opposti. Non assomigliava per niente alla compagna che pensavo di desiderare.

E, lo stesso, avevo bisogno di lei.

Bertok si alzò in piedi causando un turbinio di reazioni tra gli altri consiglieri, incluso Goran. Tutti balzarono in piedi per rispondere alla strana sfida. Bertok era anziano. Non era troppo vecchio per combattere, ma di certo era troppo vecchio per poter sconfiggere uno qualunque dei guerrieri nella sala.

E allora perché alzarsi? Perché lanciare una sfida?

Guardai Goran in cerca di un segnale. Lui restò calmo, e quindi io mi placai volendo vedere come si evolveva la situazione. L'unica cosa che odiavo di più della politica era quel cazzo di Sciame.

Solo Tark rimase seduto, il disgusto e la noia sul suo volto stavano veramente facendo infuriare il vecchio – e facevano sorridere me.

Bertok tremava, tanto era furioso. "Tu te ne stai seduto qui, dopo aver reclamato la tua Spose Interstellare, e mi giudichi. Ci hai abbandonati, ti sei messo a rincorrere una minaccia distante su pianeti lontani. Hai tradito il tuo popolo. Non ti meriti il mio rispetto, né di governare su Trion."

"Mi stai sfidando, Bertok?" disse Tark alzandosi in

piedi. Sembrò che tutti quanti fecero un mezzo passo indietro per lasciare al maschio autoritario abbastanza spazio per combattere. Tark era grosso, la spada che gli penzolava alla vita era scheggiata e ben oliata, il bagliore sul filo della lama ne provava l'affilatezza. Avrebbe rappresentato una vera e propria sfida per tutti quelli in questa stanza, inclusi io e Zed.

Avrei combattuto con lui per Violet, ma non ero sicuro di chi di noi due fosse uscito vincitore.

Bertok, d'altro canto, sapeva esattamente chi avrebbe perso la sfida che aveva appena lanciato. "Non essere uno sciocco, Tark. Certo che no. Sto semplicemente affermando l'ovvio. La minaccia dei Drover non è stata ancora eliminata, e io ho perso un'altra compagna. E un altro figlio non nato. Esigo giustizia."

Sentendo quelle parole, tutti quanti si rilassarono. Tutti tranne Axon, che scattò attraversando la sala. Tutti tranne Violet, il cui urlo acuto mi inondò di dolore. E Zed. Lui era già lì, aveva già atterrato la servitrice che aveva appena servito a Violet una tazza di vino.

Dopo aver piazzato il calice sul basso tavolino di fianco a Violet e Goran, aveva tirato fuori un pugnale incastonato di gemme e aveva provato a sgozzare Violet.

Axon avvolse il proprio corpo attorno a quello di Violet. La bloccò a terra, impedendole di muoversi, di scappare, utilizzando il proprio corpo come scudo, coprendola mente Zed teneva ferma l'assalitrice, le braccia al di sopra della testa, il pugnale puntato verso il soffitto. "Eccolo, il tuo assassino, Goran."

Goran si girò verso la donna mentre Roark e Tark si sistemavano dietro di lui, nel caso in cui uno dei consiglieri attaccasse Goran alle spalle.

Io? Io non riuscivo a vedere la mia compagna, o Zed. Non riuscivo a sentire cosa si diceva al di là degli enormi guerrieri Trion che avevano sguainato le spade. Erano furiosi. Avevano formato un cerchio attorno ai leader, un'ulteriore barriera per proteggerli.

Era successo tutto così di fretta. Mezzo secondo. Avevamo dato per scontato che l'assalitore fosse un uomo, ma avevamo continuato a controllare con solerzia l'unica servitrice all'interno della tenda. Ma senza la pronta risposta di Axon e di Zed Violet sarebbe stata ferita. Forse uccisa, con un pugnale che le spuntava dalla gola e il sangue che macchiava di rosso la sabbia chiara.

Tark sollevò la spada e la puntò a Bertok. "È opera tua, vecchio? Ti farò tagliare la testa, se è così."

Bertok impallidì e si sedette bruscamente sul tappeto che copriva il terreno duro, come se le sue ginocchia avessero ceduto. Un codardo. Ecco quello che era. Un codardo piagnucolante.

"Mai," giurò lui. "Una compagna è sacra, Alto Consigliere. Persino nelle terre selvagge rispettiamo quella verità." Né Tark né Roark sembravano convinti, ma fino a quando non avrebbero interrogato l'assassina non c'era nient'altro da fare. Dovevamo solo preoccuparci che Violet non venisse ferita. Specie ora che tutti quanti nella tenta era a un passo dallo scoppiare in un accesso di violenza.

Avevo imparato la mia lezione, troppo tardi, ma l'avevo imparata. Ignorai Tark e Bertok per concentrarmi su tutti gli altri presenti, passando in rassegna ogni soldato, ogni servitore, ogni consigliere e ogni guardia, analizzandoli con attenzione alla ricerca di eventuali minacce. Solo perché ne avevamo identificata una, ciò non voleva dire che non ce ne fossero altre.

Mi fidavo di Axon e Zed, avrebbero tenuto Violet al sicuro, e guardando Axon che mi annuiva, capii che loro si fidavano di me affinché guardassi loro le spalle. Solo in quel momento capii che eravamo veramente una famiglia, guerrieri e fratelli, devoti ad amare e proteggere un'unica donna. La nostra compagna.

Nostra.

Viken Unita o il mio villaggio nel Settore Uno? Non mi importava più. Adesso era Violet la mia casa. E avere Zed e Axon che si prendevano cura di lei assieme a me, che le davano piacere e la rendevano felice, mi toglieva un gran peso dal petto. Quando io potevo essere lì per lei, sapevo che ci sarebbero stati loro. Lei li amava. E amava me. Le vedevo quell'amore negli occhi, nel modo in cui il suo corpo si arrendeva al nostro tocco. Aveva bisogno di tutti noi, e io non le avrei negato niente. Non più. Ero stato egoista e stupido, ma il pensiero di perderla mi aveva infranto in modo che non ritenevo possibili.

Lei era nostra. E a me non importa di che colore fossero i capelli di nostra figlia. O di quale padre ridesse gioioso, mentre io la lanciavo in aria e le baciavo la testolina. Avevo altri e due guerrieri a proteggere la nostra famiglia, ad amarla.

Non dovevamo far altro che prendere Violet in disparte e convincerla a diventare nostra per sempre.

Ma guardandola capii che non volevo aspettare di far ritorno su Viken.

Io volevo reclamarla qui. Ora.

Questa volta niente e nessuno ce lo avrebbero impedito.

13

*C*alder, Oasi Mirana, Avamposto Due, Trion

AVEVO una voglia pazza di spogliarmi e di tuffarmi nell'acqua fresca dell'oasi. Ma ancor di più volevo Violet. E la volevo ora. Il bisogno di sprofondare nella sua fica, di condividerla con Axon e Zed e di reclamarla tutti insieme… la rivendicazione ufficiale dei Viken… era tale che mi facevano male le palle. E mi faceva male anche il cuore per la voglia che avevo di dimostrarle quanto fosse importante per me, per tutti e tre noi.

Lei era la nostra famiglia, era tutto il nostro mondo. Il centro della nostra felicità. E sapevo di poter dire la stessa cosa per Zed e Axon. Io non dovevo far altro che tirarmi la testa fuori dal culo ed essere grato che ci fossero anche loro due nella sua vita. Era sana e salva, era uscita completamente illesa dall'attacco della servitrice, e questo solo grazie a loro.

Mindy era uscita dalla capsula ReGen e ora stava bene. Bertok era ritornato nella sua casa nelle terre selvagge, o dove cazzo era. Non era lui l'assassino, ma vederlo andare via mi rincuorò non poco. La servitrice si trovava nella prigione dell'avamposto, sotto stretta sorveglianza. L'avevano interrogata per ore e aveva confermato che aveva agito da sola. Per ora, l'Avamposto Due era ritornato ad essere un luogo sicuro.

Ora la nostra attenzione era tutta per Violet. Nient'altro. Nessun pericolo, nessuna sorella malata a cui pensare, nemmeno il nostro lavoro come guardie reali. Solo Violet. E lei indossava ancora quel leggerissimo vestito Trion. Il corpo ancora unto di olio. Le curve tutte bene in vista, i capezzoli che spuntavano fuori dai buchi nel tessuto. Era il sesso fatto persona. Sexy e decadente. Lussuriosa e attraente. Ero fiero che fosse la mia compagna. Fiero che gli uomini nella stanza la guardassero con lussuria, che l'avrebbero scopata se ne avessero avuta la possibilità, se non fosse stata di qualcun altro. Mia. Di Axon. Di Zed.

Eppure lei non veniva da Trion e non era di Goran. Avevano desiderato la donna sbagliata, quella che pensavano fosse Mindy. Una completa Trion completamente soddisfatta della propria sottomissione, soddisfatta di quello che Goran poteva dare.

Ma lei non era Mindy. Quello stile non le si addiceva. Gli anelli e le catene che la adornavano. Lei era semplice e pura. Nuda. Solo Violet. Solo la sua pelle, bagnata di sudore, bagnata dal suo nettare naturale. Che smaniava solo i nostri cazzi.

L'avevo guardata inginocchiarsi di fronte a Goran. Bellissima e sottomessa. Perfetta per quel ruolo. Amante e dolorante per il suo falso compagno. Ma io riconoscevo il modo in cui fremeva, conoscevo il vero motivo per cui i suoi capezzoli si erano inturgiditi, perché i suoi occhi erano pieni di lussuria. Voleva i nostri cazzi. Voleva l'olio che usavamo per bagnarle il culo, per far sì che il suo buchetto perfetto fosse pronto per il mio cazzo. Axon che le penetrava la bocca e le finiva dritto in gola. La bocca di Zed sulla sua fica, o il suo cazzo che la martellava.

Zed.

L'aveva cosparsa lui con tutto quell'olio. Le compagne brillanti erano tipiche di Trion. Aveva giocato con la sua fica e le aveva spalancato le cosce per raderla. E noi eravamo lì a guardarli. Cazzo se avevamo guardato. Era stato facile per lui assicurarsi che lei si calasse a dovere nel suo ruolo di compagna devota. E quindi, mentre guardava con fare adorante Goran, quello sguardo era sempre stato per noi e noi soltanto.

Axon mi aveva ricordato del potere del seme, che il suo bisogno sarebbe cresciuto di minuto in minuto. La paura, la rabbia e persino la determinazione di catturare gli assalitori ci avevano fatto ignorare il crescente bisogno della nostra compagna di venire scopata.

E quando avevano sferrato l'attacco la nostra preoccupazione l'aveva sepolto ancora più in profondità.

Ma ora, qui... in questa piccola oasi nascosta che tanto assomigliava a Viken, avremmo potuto confortarla. Avremmo potuto scoparla. E lei sarebbe stata reclamata. Non potevamo aspettare oltre.

"Questo posto è incredibile! Grazie che Mindy non vedeva l'ora di venire qui!" esclamò Violet, mentre camminavamo lungo uno stretto sentiero sabbioso che attraversava la fitta vegetazione.

Era bellissimo. Presto ci ritrovammo circondati da alti alberi verdi, foglie rigogliose, una vegetazione simile a quella di Viken. I colori dell'arcobaleno – dei rossi, marroni e violetti estremamente profondi – ci circondavano. Persino sopra di noi il cielo si era trasformato in un folto tetto di foglie. Il sentiero si aprì e Violet sussultò e Axon le si mise di fianco. Lei si fermò a guardare.

Davanti a noi c'era una profonda piscina circondata da ripide rocce. Era nutrita da un qualche tipo di fonte naturale, e il suono dell'acqua gorgogliante si mescolava al fruscio delle foglie. Il terreno sotto ai nostri piedi era marrone, di muschio e d'argilla, soffice e ricco. Umido, come l'aria. Era come se ci fossimo lasciati alle spalle l'arido avamposto e ci fossimo incamminati verso il nostro piccolo mondo personale.

Ed eravamo da *soli*. Goran ci aveva assicurati che Mirana sarebbe stata nostra per il resto della giornata. Delle guardie ci avevano condotto verso il sentiero – dubitavo che altrimenti saremmo stati in grado di trovarlo da soli – ed erano rimaste fuori a guardia della nostra privacy e delle nostre vite. Una volta che avrei penetrato a fondo la nostra compagna, non sarei stato conscio di quello che mi circondava, del tutto incapace di proteggerla.

"È bellissimo," mormorò Violet studiando l'acqua. Si avvicinò al bordo, si inginocchiò, il vestito le si raccolse attorno alle caviglie, e immerse le dita. Sgranò gli occhi e un sorriso le attraversò il volto. "È calda!"

"Allora dovremmo farci una bella nuotata," disse Zed togliendosi i vestiti Trion che aveva indosso.

Axon ed io ci togliemmo le scarpe. Pensare a Violet tutta bagnata e scivolosa ci riempiva di desiderio.

Violet non aveva bisogno di essere convinta a togliersi il vestito. "Non ho mai fatto il bagno nuda."

Dopo che tutti ci fummo spogliati, ci fermammo e la guardammo. In mano stringevo la maglietta, completamente dimentico. La pelle di Violet riluceva per l'olio che metteva in risalto ogni singola curva. Sui seni aveva ancora gli anelli e le catene.

Era così che tutti gli uomini all'interno della tenda volevano vederla. Ma lei era nostra e nostra soltanto.

Era così bella che ancora mi meravigliavo che fosse mia. Nostra. Era da quando eravamo arrivati su Trion che non la toccavamo come desideravamo. Due giorni. Erano passati due lunghissimi giorni dacché l'avevamo condivisa, toccata, da quando le avevamo ricordata che era nostra. Cazzo. Era passato troppo tempo, aveva bisogno del nostro seme.

Il mio cazzo si indurì all'istante. Eppure lei era adornata come una compagna Trion, anche se non lo era. Lei non era Mindy.

"Hai bisogno di aiuto per rimuoverti gli anelli dai capezzoli?" chiese Zed indicando quelle inutili decorazioni.

Violet abbassò lo sguardo, come se si fosse dimenticata che erano lì. Si afferrò un seno e tirò l'anello. La colla era forte ma, dopo un attimo, fu in grado di toglierlo.

Gemetti vedendo che si afferrava il seno, si toccava. Il suo capezzolo inadorno si era ora inturgidito, la carne tenera arrossata dalla colla. Rimosse anche l'altro e lasciò cadere il tutto sul terreno.

"Cazzo, sì," dissi ansimando. Era così che mi piaceva. Era naturale e bellissima, perfetta per la mia sensibilità di Viken. Era impossibile non notare i cazzi di Zed e di Axon, di come anche i loro fossero duri come la pietra sotto le loro vesti Trion.

"Neanche io ho mai fatto il bagno nudo," risposi. "E non vedo l'ora di farlo con te per la prima volta. Non vedo l'ora di averti nuda in quest'acqua calda."

La guardammo mentre andava verso l'acqua e si immergeva fino a che l'acqua non le arrivava alla vita. Con un gesto fluido, si immerse e risalì per riprendere fiato e sorridere. I suoi capelli scuri erano lunghi e lisci e le colavano sulla schiena. I suoi seni fluttuavano nell'acqua, i capezzoli rosa erano duri e ben visibili appena al di sotto della superficie.

Oh, sì, adoravo fare il bagno nudi.

Mi sfilai quello che rimaneva dei miei vestiti Trion e la seguii dentro l'acqua tiepida. Mi immersi al di sotto della superfice, aprii gli occhi e vidi le sue gambe, le pieghe della sua fica. Nuotai verso di lei, la afferrai e la sollevai stringendola tra le braccia. Eruppi fuori dalla superfice. La sua pelle era ancora unta a causa dell'olio.

Mi afferrò le spalle e scoppiò a ridere.

"Ah, compagna, adoro vederti ridere. La tua felicità fa me felice."

Sentii degli schizzi dietro di me e nel giro di pochi secondi Axon e Zed si unirono a noi. Ci alzammo e la circondammo. Violet era in mezzo a noi, era quello il suo posto.

Lei era tra le mie braccia, i piedi staccati da terra, e noi tre in piedi attorno a noi. Il fondo della piscina era ricoperto di muschio morbido. Le feci scivolare le mani sulla schiena fino ad afferrarle il culo. Le spalancai le gambe e lei me le avvolse attorno alla vita. Il mio cazzo si annidò in mezzo a noi, si premeva contro i nostri stomaci, era grosso e lungo. Sapevo che dalla punta colava un po' di pre-eiaculazione che le si andava spalmando sulla pelle, ma nell'acqua il suo potere era diluito, e lei si limitò a gemere.

Zed e Axon si guardarono l'un l'altro. Poi guardarono me e annuirono.

Cazzo, sì.

L'avremmo presa qui. Per la prima volta. Non avremmo smesso di scoparla fino a quando non saremmo stati tutti sazi e soddisfatti. Ci sarebbero volute ore e ore.

La polvere dell'avamposto venne lavata via. Il sudore dei due soli era svanito. Il mondo al di fuori dell'oasi non esisteva più. Tutto ciò che contava era qui stretto tra le mie braccia.

Zed e Axon le afferrarono entrambe le mani e la aiutarono a distendersi sulla schiena, così a farla galleggiare sulla superficie in mezzo a noi. La ressero per le spalle facendola restare distesa così, bagnata e splendente. Usarono le altre mani per esplorare il suo corpo, oh se lo fecero. I suoi seni, il suo ventre.

Io avevo entrambe le mani libere. Le infilai la mano in mezzo alle cosce e la penetrai con due dita.

"Calder!" gridò lei puntando il mento verso i due soli e chiudendo gli occhi.

"Sei così bagnata... ce l'hai così stretta," mormorai. Era così calda, le sue pareti interiori si contrassero attraendo le mie dita ancora più in profondità. "Ne è passato di tempo, compagna. Vuoi che i tuoi uomini ti scopino?"

"Sì, Dio, sì."

Non volevo aspettare un secondo di più per darle ciò di cui aveva bisogno. Mossi i fianchi e allineai il cazzo alla sua entrata e la penetrai. L'acqua mulinava attorno a noi, ammorbidendo il movimento del mio bacino. Lei era più calda dell'acqua, il mio cazzo era cosparso dal suo stesso calore. Mi accorsi del momento esatto in cui la mia pre-eiaculazione le rivestì le pareti interiori della fica. Lei si irrigidì, strinse le gambe attorno a me. Doveva dimenticarsi tutto quello che aveva passato. Doveva godere e basta. Doveva sapere che i suoi compagni l'avrebbero circondata, che l'avrebbero protetta. Che le avrebbero dato esattamente ciò di cui aveva bisogno.

Cazzo, era bellissima. Io mi muovevo a malapena stando dentro di lei, anzi mi bloccai, la penetrai a fondo, così a fondo, cazzo, e sentii che la sua fica si contraeva attorno a me e mi cospargeva con la sua crema.

"Guarda, Zed. Axon. Guardate come la nostra compagna prende il mio cazzo. Come si allarga mentre è in mezzo a noi tre. Mentre tutti e tre le diamo quello di cui ha bisogno. Un cazzo non basta, non è vero, Violet Nichols della Terra?"

Sentendo pronunciare il suo nome completo, Violet spalancò gli occhi e guardò me, Axon e Zed.

Scosse il capo facendo ondeggiare i capelli scuri nell'acqua. "No."

"Hai bisogno di tutti e tre i tuoi compagni. Hai bisogno di me. E di Zed e di Axon."

Non era una domanda, ma un'affermazione. Mi ero sbagliato, e lo ora lo capivo.

"Sì," ripeté lei.

Si leccò le labbra e Zed emise un ringhio dal centro del petto.

I miei fianchi si mossero di volontà propria. Violet sentiva un bisogno irrefrenabile di muoversi. Le mie palle smaniavano per essere svuotate, volevano riempirla con tutto il seme che avevo messo da parte sin dall'ultima volta che l'avevo scopata, quando eravamo ancora su Viken. Penetrarla anche solo di un altro millimetro era per il paradiso.

"Se ci vuoi tutti e tre, allora sarà così. Non lotteremo tra di noi per averti, perché tu appartieni a tutti e tre noi. Condividerti non significa averti solo in parte. Ognuno di noi ti possiede in modo *completo*. E così otterremo tutto quello che abbiamo sempre immaginato."

"Sì," sussurrò lei.

Violet non aveva bisogno di essere persuasa con parole dolci. Era sicura tanto quanto noi. E voleva tanto quanto noi quello che stava per succedere.

"Allora è giunto il momento," continuai. "Il mio cazzo è dentro di te, pronto a scoparti, ma è questo il momento giusto per completare la nostra unione. Ci accetti come tuoi compagni?"

Mi ritrassi completamente da lei. Violet gemette e si mise a sedere. Zed e Axon l'aiutarono e di nuovo me la ritrovai tra le braccia, le sue gambe attorno a me, il cazzo di nuovo premuto in mezzo a noi. Le avevo dato il potere del seme che il suo corpo bramava, ma ora volevo che ci rispondesse a mente sgombra.

L'acqua le colò lungo la schiena, i suoi capezzoli puntavano duri contro il mio petto. "Voglio i vostri cazzi dentro di me," disse gemendo.

Le sorrisi. "Va bene. Ti darò il mio cazzo. Ma te lo

metterò nel culo. Zed troverò la tua fica e Axon si infilerà in quella tua bocca dolce."

Lei gemette e si passò la punta del mio cazzo sulla fica.

"Sì, vi prego," mormorò leccandomi l'acqua dal collo.

Guardai Axon e Zed. "Ora."

Uscirono dall'acqua e io li seguii senza lasciare andare la nostra compagna fino a quando non fui in grado di deporla sul muschio morbido. Risplendeva di fronte ai nostri occhi. Il momento era giunto. L'avrei condivisa con i miei due fratelli, l'avremmo fatta nostra. Per sempre. Saremmo diventati la famiglia che avevo sempre desiderato, avremmo avuto tutti i bambini che lei avrebbe voluto darci. Fino ad allora, l'avremmo scopata, ancora e ancora. Avremmo fatto pratica aspettando il momento in cui avrebbe deciso di rimuovere gli anticoncezionali dal suo corpo, il momento in cui il nostro seme avrebbe potuto attecchire.

Ero felice. Mi sentivo completo... ed era grazie a Violet.

$\mathcal{Z}$ed

GUARDATELA. Bellissima. Era naturalmente remissiva... a volte. Sorrisi capendo che non si sarebbe mai sottomessa del tutto, e a me andava bene. Non la volevo come Mindy. Non la volevo legata a un paletto conficcato nel terreno, dominarla in un modo così ovvio e completo. Io amavo Violet per quella che era. Esuberante, selvaggia, intelligente, appassionata, coraggiosa e sexy da morire. Era tutto quello che avevo sempre desiderato da una compagna... e anche di più. Qui, da sola con i suoi compagni, poteva sottomettersi come più le piaceva. Ma io volevo il suo spirito. Ne avevo bisogno tanto quanto avevo bisogno della sua sottomissione.

"Accetti la nostra rivendicazione? Qui? Adesso? Ci accetti tutti e tre?" chiesi.

Violet mi guardò con occhi carichi di desiderio. E io nei

suoi occhi vidi l'amore, l'eccitazione e l'accettazione. Non perché lei dovesse farlo, ma perché lo *voleva*. Calder le aveva dato un assaggio di seme, anche se, come mi aspettavo, l'acqua lo aveva diluito impedendogli di essere travolgente. Lo aveva diluito quanto bastava a frenare il suo bisogno, a non accecarla, a permetterle di pensare. La risposta che volevo doveva provenire da Violet, in modo libero e chiaro.

E pensare che solamente qualche giorno fa era sul punto di sbatterci in faccia la porta dei suoi alloggi sulla Terra. Ora ne avevamo passate talmente tante insieme. La Terra, Viken, Trion. Lei che si sostituiva a sua sorella – cosa che non avrebbe dovuto fare mai più se non voleva guadagnarsi una sonora sculacciata – e ora questo, con noi in questo paradiso.

Fece per mettersi a sedere e io sollevai una mano. Si fermò.

"Resta così. Facci vedere tutto, mentre dici quello che devi dire."

Violet si leccò le labbra, e tutto il suo corpo era ancora bagnato. Perle d'acqua le scivolarono sul ventre, lungo le cosce, sui seni. Più in basso era bagnata per tutt'altro motivo.

"Accetto la vostra rivendicazione. Accetto te Zed. E te, Axon. E te, Calder." Ci guardò uno dopo l'altro. "Voglio essere la vostra compagna, la vostra sposa. Per sempre."

Mi inginocchiai di fianco a lei, la terra argillosa era come un soffice cuscino. La baciai con gentilezza, con dolcezza. Axon, che era rimasto in silenzio per tutto il tempo, si posizionò in mezzo alle sue cosce spalancate. Anche lui la baciò, ma molto più in basso di me. Io deglutii i sussulti di piacere che la lingua di Axon le strappava dalla gola. Cominciò a leccarla e a scoparle la fica con la lingua.

"Sei bagnata fradicia, compagna," disse Axon con voce profonda da in mezzo alle sue cosce.

Quando lei gridò, io sollevai la testa e la guardai negli occhi. "Che cosa ti sta facendo Axon?"

"Mi sta... mi sta leccando," gemette lei.

"E poi?" chiese Calder mettendosi dal lato opposto.

"Ha due dita –"

"Tre," la corresse Axon.

" – dentro di me. Ha trovato... oh, Dio, ha trovato il mio punto G e mi sta facendo veniiiiiiiire!"

Inarcò la schiena e chiuse gli occhi. Io guardai la sua pelle che arrossiva. Prima le sue guance, poi più giù, il rossore, sbocciando prima sul suo collo e poi sul suo petto. Si espanse sui suoi seni in un grazioso contrasto con i suoi capezzoli turgidi. Amavo vederli nudi, liberi da ogni decorazione.

Quando fu sazia, ancora ansimante, si distese, satolla, sfiorita, l'angolo della bocca innalzato in un sorriso. Un'espressione di soddisfazione completa. Eppure i suoi occhi erano ancora chiusi. Axon si mise a sedere sui talloni.

"Ancora," disse lei ansimando. "Ne voglio ancora."

Guardai Calder. "Hai portato quello che ci ha dato Goran?"

Lui rispose con un sorrisetto, annuì e andò verso i suoi vestiti per prendere l'occorrente.

"Non sei ancora pronta per prenderci tutti e tre insieme, compagna."

Lei mi guardò. "Sì che lo sono."

Inarcai un sopracciglio. "Vuoi continuare a contraddirmi e farti sculacciare oppure vuoi che ti scopi?"

"Primo, lo sai benissimo che piace quando mi sculacci." Si morse il labbro per un istante, come se stesse pensando. "Ma lo sai che quello che voglio veramente è averti dentro di me."

"Ottima risposta."

Le afferrai i fianchi, la feci girare, mi distesi sulla schiena e me la feci distendere addosso. Istintivamente, lei allargò le gambe per avvinghiarmi i fianchi e cavalcarmi.

"Zed!" gridò, sorpresa dal movimento repentino.

"Sei così morbida e bagnata... è stato quell'orgasmo, vero?"

Lei annuì.

"Allora ti sarà facile prendere il mio cazzo."

Sempre stringendole i fianchi, la sollevai, la sistemai sopra di me e la feci scendere in modo lento ma continuò, fino a quando non si ritrovò di nuovo seduta sulle mie cosce. Ma questa volta l'avevo penetrata fino a fondo.

Sibilai. Violet mi mise le mani sul petto e gemette.

"Brava ragazza. Sei bagnata, puoi prendere il mio cazzo. Ma non sei pronta per quello di Calder."

"Goran ci ha fatto dono di un piccolo regalo per ringraziarci."

Calder le fece vedere la piccola boccetta di vetro che teneva in mano. "Olio. Per preparare il tuo culo come si deve."

Calder rimosse il tappo e si cosparse un po' dell'olio sulle dita. Violet mi guardò e mi chiese: "Goran vi ha regalato del lubrificante?"

Il profumo di mandorle si mescolò al profumo terroso dell'argilla e degli alberi.

Calder sfiorò la sua entrata posteriore e lei mi strinse le dita sul petto. "Oh Dio," disse ansimando.

Sollevai i fianchi e la scopai. "Ti piace?"

Lei si morse il labbro e annuì.

"Di nuovo, Calder," gli dissi.

Lui si mise altro olio sulle dita e si allontanò. Io non riuscivo a vedere cosa stesse combinando invece di guardare il gioco di emozioni e di sensazioni che attraversavano la faccia di Violet.

Non riuscivo più a star fermo. Ero stato dentro di lei per troppo a lungo. E così cominciai a muovermi, a sollevarla, a farla abbassare su di me mentre la scopavo. Il rumore della carne che sbatteva sulla carne lo rendeva un atto quasi animalesco. Ma quando sentii le dita di Calder attraverso la sottile membrana di carne che le separava dal mio cazzo, Violet non era mai stata così stretta.

"Non dimenticarti di me, compagna," disse Axon facendo il giro attorno a noi per andare a mettersi in ginocchio di fianco a Violet. Le bastava sporgersi in avanti per prenderlo in bocca.

Era così bella, i suoi seni rimbalzavano mentre la scopavo, la pelle le si cospargeva di sudore. I suoi occhi erano concentrati sul cazzo di Axon, lungo e spesso, con un goccia di pre-eiaculazione che colava dalla punta.

Violet si leccò le labbra e poi si sporse in avanti per leccare quell'unica goccia perlacea. Chiuse gli occhi e gemette. Sentii la sua fica che si contraeva attorno al mio cazzo.

"Cazzo, è così stretta," disse Calder ansimando. Violet

si abbandonò al potere del seme. "Ed è pronta. Mi ha già preso, lì. In un modo meraviglioso."

Sentii le sue dita che si ritraevano. La scopai fino a farla venire, mentre Calder si cospargeva il cazzo con quell'olio luccicante.

"Brava ragazza, ora prendilo tutto," disse Axon.

Le mise la mano dietro la nuda per guidarla dove voleva che fosse. Io la guardai mentre lei spalancava la bocca per far sparire il cazzo di Axon, un centimetro alla volta.

"Cazzo," gemette lui.

Lei gemette e Calder si premette contro la sua entrata posteriore. Anche io sentii la stessa pressione, e mi accorsi del momento esatto in cui lui riuscì a infilarsi nello stretto anello muscolare che tanto solertemente aveva preparato.

Lei emise altri suoni, e altri ancora, mentre noi la scopavamo in tandem, dandole tutto il tempo che le serviva, permettendo a Calder di penetrarla fino in fondo.

Le circondò il corpo con le mani e le strinse i seni e io lo guardai negli occhi. Lui annuì e cominciò a ritrarsi.

"Siamo tutti e tre dentro di te. Adesso sei nostra, compagna. Nostra," ringhiai. Eravamo un'unica entità.

———

Violet

OH. Mio. Dio. Non avrei mai immaginato che potesse essere così. La prima volta che avevano parlato della rivendicazione, quando ci trovavamo ancora nel mio appartamento in Florida, sembrava come una cosa da film porno. Tre uomini, tre cazzi, tre buchi.

E invece non era niente del genere. Beh, sì, lo era. Zed mi stava scopando la fica, Calder mi stava allargando il culo e Axon era nella mia bocca, e con la lingua riuscivo a sentire il suo cazzo che pulsava e si ingrossava a ogni leccata. Sapevo che il potere del seme mi stava aiutando, era come una botta di eroina, ma c'era anche dell'altro. Erano questi tre uomini che lo rendevano perfetto.

Continuavano di dire che io ero loro. Mia. *Mia.* Avevano ripetuto quelle parole più che a sufficienza. E, dopo quelle parole e quello che avevano fatto, io gli credevo. Completamente. Ma anche se appartenevo a loro, tutti e tre loro appartenevano a me. MIEI!

Sì, avevo tre uomini sexy, intelligenti e feroci tutti per me. Ero io che li avevo fatti unire, che ci aveva resi una piccola famiglia. E ora, ero io quella che ci connetteva, che dava a tutti piacere. Attraverso quest'intimità, loro mi stavano dimostrando il loro amore. E accettandoli tutti allo stesso tempo, avevo dimostrato loro che, davanti ai miei occhi, erano tutti e tre uguali per me, che li volevo tutti e tre allo stesso modo. Insieme.

Non ce n'era una che valesse di meno.

Assaporai la pre-eiaculazione sulla mia lingua e un istante dopo sentii la botta del potere del loro seme. Mi fece contrarre la fica, stringere il culo e inturgidire i capezzoli. Li desideravo, desideravo tutto questo. Non potevo far altro che ansimare, gemere, abbandonarmi al piacere. Alle sensazioni che mi dava l'averli tutti e tre dentro di me.

Aver Calder e Zed dentro di me allo stesso tempo mi riempiva all'inverosimile. La doppia penetrazione... ti riempiva. Ma l'olio, che profumava intensamente di mandorle, rendeva tutto più facile. E dopo che lui mi aveva preparato e allargato con le sue dita – e anche grazie il fatto che mi avesse scopata lì già una volta – sapevo già cosa aspettarmi. Come spingermi verso di lui e rilassarmi. Lasciarlo entrare. Bruciava, ma ora, con Zed che allo stesso tempo mi riempiva la fica, era una cosa... indescrivibile.

Non c'erano parole per dire loro come mi sentissi, e poi avevo la lunga asta dura di Axon dentro la bocca. Si stringeva la base del cazzo con una mano, per assicurarsi che non andasse troppo oltre. In precedenza era già arrivato a toccarmi la gola, ma forse ora si stava comportando in modo più cauto perché dentro di me avevo già altri e due cazzi.

Eppure, potevo succhiarglielo e leccarglielo. La sua pre-eiaculazione, schizzo dopo schizzo, mi rivestì tutta la bocca, e quello – e il modo in cui le sue dita mi stringevano i capelli – mi faceva capire che gli stavo dando piacere.

Le mani di Calder che mi stringevano i seni mi reggevano il busto. Zed mi stringeva i fianchi. Non potevo muovermi, non potevo prenderli ancora più in profondità, muovere i fianchi per chiedere di averne di più. Potevo solo sentire.

E così feci. Il caldo movimento del cazzo di Zed dentro la mia fica, la mia crema che si cospargeva attorno a lui e lo faceva andare a sbattere contro il mio punto G ogni volta che faceva dentro e fuori. Il cazzo di Calder colpì delle terminazioni nervose che non sapevo nemmeno di avere, la grossa punta del suo cazzo mi allargava ritraendosi, e poi riaccendeva tutto tornando a penetrarmi.

Gemetti, sussultai, ansimai, il bisogno di venire che mi montava dentro, fino a quando tutto non si trasformò in un orgasmo continuo. Ma fu quando Zed gemette e venne, spruzzando un getto caldo di seme dentro di me, che persi completamente la testa. Il piacere mi accecò. Calder venne subito dopo. Stavo mungendo i loro cazzi con i miei muscoli, implorando le loro palle di riempirmi con il loro nettare.

Axon si ritrasse dalla mia bocca abbastanza a lungo per permettermi di gridare di piacere. I miei muscoli si irrigidirono, si tesero, e io fui grata che mi stessero reggendo, altrimenti sarei crollata a terra. Io mi limitai a godere. Nient'altro. Galleggiai, urlai, assaporai il piacere.

La mano di Axon mi afferrò la mascella e io la aprii in modo istintivo. Invece di darmi in pasto il suo cazzo, ne infilò giusto la punta e me la poggiò sulla lingua. Sentii la punta che sussultava e poi il fiotto caldo di seme che mi finiva sulla lingua, cospargendola. Non potevo nemmeno ingoiare, ma la raccolsi fino a quando lui non si svuotò tutto.

Solo allora lui si ritrasse. Chiusi le labbra, ingoiai e sentii un'altra ondata di calore che mi investiva. Questa volta non potei gridare. Potevo solo gemere.

Zed mi fece abbassare sul suo petto mentre continuavo a venire. Le lacrime mi colarono dagli occhi, e il mio corpo si inzuppò di sudore.

"È troppo," sussultai.

Calder si ritrasse lentamente da me. Poi mi sollevarono e mi abbracciarono con le loro forti braccia. Sentii le loro mani che mi accarezzavano, che mi accarezzavano la pelle sensibile. Mi cullarono e mi sussurrano parole dolci. Amore, dolcezza, tenerezza. Era troppo. Il piacere, la sicurezza, l'affetto. Il fatto che solo fino a qualche giorno fa non ero nemmeno a conoscenza della loro esistenza, che li avessi rifiutati. Che se non fossero stati così testardi, se non mi avessero desiderato a tal punto, allora forse non li avrei mai incontrati. Conoscere questo tipo di piacere, questo tipo di amore. E non da un compagno, ma da tre. Tre!

Sentirmi in questo modo grazie ai miei tre uomini mi spinse al limite, e poi oltre.

L'ultima cosa che ricordo prima di addormentarmi in mezzo a loro sono le loro parole: "Noi ti amiamo." Sapevo che ero esattamente dove volevo essere. Non importava su quale pianeta ci trovassimo. La Terra, Viken, Trion o un qualunque altro pianeta della galassia. La mia casa era dove si trovavano i miei compagni. Mi avevano rivendicata una volta per tutte.

EPILOGO

xon, Residenza temporanea di Axon e Goran, Trion, Avamposto Due

"Loro sono il tipo di re che sanno quanto è importante una compagna," dissi entrando nella residenza temporanea i Goran e Mindy. Una tenda lussuriosa, posta proprio di fianco a quella dell'Alto Consigliere Tark. Il meeting annuale dei consiglieri, quest'anno, si teneva nell'Avamposto Due del Continente Meridionale. Eravamo a un giorno di viaggio dalla casa del Consigliere Roark, la più grande città di tutta Trion, un posto magnifico chiamato Xalia City.

Ma Mindy non avrebbe vissuto per sempre qui. Una volta finito il meeting, tutti i consiglieri avrebbero fatto ritorno nei loro territori. Tark e il Generale Goran sarebbero ritornati nel Continente Settentrionale, vicino all'Avamposto Nove e alle terre selvagge su cui ancora governava quel vecchio bastardo di Bertok.

Essendo il secondo in comando dell'Alto Consigliere Tark, la residenza permanente di Goran si trovava vicino ai principali edifici governativi di Tark. Era una dimore lussuosa. Durante la prima chiamata tra noi e loro, Goran aveva promesso che a Mindy non sarebbe mai mancato nulla. E, stando alle descrizioni di Mindy e alle immagini che Goran aveva fatto vedere a Violet e a tutti e tre noi, aveva ragione. Una volta trasferitasi nella casa di Goran, Mindy sarebbe stata ben protetta e avrebbe goduto di ogni comodità. E lo stesso sarebbe stato per Violet, una volta che saremmo riusciti a portarla via di qui e a riportarla su Viken, la sua casa. Nel castello, vicino alla Regina Leah, viziata e protetta e *nostra*.

A dire il vero, il *nostra* era l'unica parte di cui mi importava. Non importava di dove vivessimo. Avevo lasciato la mia casa nel Settore Tre un sacco di tempo fa, e a malapena mi ricordavo che aspetto o che odore avesse. Vivevo a Viken Unita fin da quando ero tornato dalle guerre con lo Sciame, ma anche quella dimora era sempre stata un vuoto edificio di pietra fino a quando Violet non era entrata nelle nostre vite.

Zed non aveva mai vissuto nella capitale, era arrivato dal freddo nord giusto qualche ora prima di andare sulla Terra per rintracciare la nostra compagna.

E Calder? Beh, lui era quello testardo. E lo era stato a lungo. Ma l'amore di Violet e la sua natura remissiva, il modo in cui amava tutti e tre? Persino lui non avrebbe potuto dirle di no.

Eravamo ufficialmente una famiglia, la rivendicazione era stata compiuta – e grazie alle mie conversazioni con Re Drogan, il re che era cresciuto nel mio stesso settore –

e la nostra unione era stata ufficialmente registrata su Viken.

Adesso niente poteva portarcela via. Ma negli occhi di Violet c'era un'enorme tristezza quando guardava sua sorella. Un tale desiderio. E le due sorelle avevano passato le ultime ore a discutere sul da farsi, su come comportarsi per risolvere il problema della fuso orario tra Viken e Trion.

Mindy sarebbe invecchiata di un giorno, Violet di cinque settimane. Mindy due anni, la nostra Violet cinquanta.

Piansero entrambe, si abbracciarono e condivisero il loro dolore.

"I tre re ci hanno concesso del tempo extra per stare con la nostra compagna. Sono stati molto generosi, specie considerando quanto lentamente passa il tempo qui su Trion."

"E va bene, no?" chiese Violet. Lei lasciò andare Mindy ed entrambe le donne si asciugarono gli occhi pieni di lacrime.

"Sì, amore mio. Va benissimo." Erano ore che si trovavano in questo stato. Fin dal momento in cui Mindy si era svegliata nella capsula ReGen e tutte e due si erano messe a urlare eccitate. Le loro risate si erano ben presto trasformate in lacrime, e poi di nuovo in risate.

Le donne non avevano alcun senso. Ma non ne avevano bisogno. Vederle piangere mi faceva male al cuore, e mi venne in mente un'idea radicale. Un'idea che avrei sottoposto all'Alto Consigliere Tark – che ci aveva dato il suo permesso – e poi al Re Drogan. Un'idea che anche lui aveva preso in considerazione... se era quello di cui avevamo bisogno per far felice la nostra compagna. "Ho parlato con Re Drogan. La nostra unione è ufficiale."

Non riuscii a trattenere il sorriso che mi allargò le labbra, specie quando Violet balzò in piedi e corse verso di me gettandomi le braccia al collo e baciandomi.

Tutti quanti si guardarono per godersi lo spettacolo. Sapevo che sia Zed che Calder sarebbero stati tanto felici quanto me. Ma sollevando la testa vidi gli occhi dei miei fratelli trattenevano una domanda. Avevo discusso l'idea con loro prima di contattare il re, ma eravamo tutti d'accordo di non farne parola con Violet a meno che non fossimo stati del tutto sicuri di poter mantenere la parola data.

Annuii e Zed sorrise. Calder sbatté lentamente le palpebre, spostando lo sguardo dalla gioia di Violet che restava premuta stretta contro di me, alla sua gemella identica, Mindy, premuta al fianco di Goran, che si asciugava le lacrime e sorrideva.

Avevo parlato con Re Drogan in privato. Nel caso in cui si fosse arrabbiato a causa della nostra prolungata assenza, non volevo che Mindy lo sapesse. Non era colpa sua se il tempo scorreva così diversamente tra i due pianeti.

"Sono passati solo due giorni," disse Mindy.

Accompagnai la mia compagna al divano e la feci sedere di fianco a Calder. Io mi sedetti vicino a lei e Calder la abbracciò. Le afferrai i piedi, li sollevai e me li misi in grembo.

"Sì, ma due giorni su Trion sono quindici settimane su Viken," disse Calder.

Violet sgranò gli occhi. "Lo so, ma non voglio pensarci. È così strano."

"È la fisica," disse Mindy. "Come in quel film che abbiamo visto qualche anno fa, *Interstellar*. Te lo ricordi? Dieci minuti per le persone su quel pianeta erano tipo venticinque anni per quel tizio che era rimasto sulla nave."

"Pure quel film era strano. E poi è impossibile, no?"

"È scienza."

Violet sospirò. "Una materia che odiavo."

Mindy si mise a ridere. "Appunto."

Massaggiai i piedi di Violet premendo il pollice sull'arco plantare. Usai l'altra mano per massaggiarle il polpaccio e sollevare leggermente il lungo vestito Trion. Era a Calder che piaceva mettere in mostra la nostra compagna. Io volevo solo un breve assaggio di quello che c'era sotto. Il tessuto diafano nascondeva ben poco – era ovvio che i capezzoli della nostra compagna non erano adornati alla maniera delle compagne di Trion – e riuscivo a vedere l'accenno rosa dei suoi capezzoli al di sotto della veste.

La notte precedente l'avevamo reclamata a dovere. Poi ci eravamo addormentati, esausti. Ma poi io mi ero svegliato per lavarmi nell'acqua tiepida, e poi mi ero avvicinato a lei per sistemarmi in mezzo alle sue cosce. L'avevo scopata, in modo soffice e gentile, e le sue grida di piacere avevano svegliato gli altri, che erano rimasti a guardare.

Dopo un piccolo pasto, Zed l'aveva condotta in mezzo alla vegetazione e io e Calder la sentimmo urlare di piacere, l'urlo a malapena attutito dal folto fogliame. Poi, dopo che i due soli erano tramontati, Calder l'aveva fatta distendere sulla pancia, l'aveva ricoperta da capo a piedi con quell'olio profumato e, una volta rilassata e quasi addormentata, le aveva penetrato il culo, con lentezza, con dolcezza, e l'aveva scopata.

Zed e io li avevamo guardati, toccandoci il cazzo mentre vedevamo la nostra compagna che godeva grazie a Calder, lui che le veniva addosso, il suo seme un fiotto brillante sulla pelle di lei. Il potere del seme l'aveva fatta svenire, e Calder l'aveva portata in acqua per lavarla un'altra volta, ma lei non si era svegliata.

Ora era in mezzo a me e a Zed, pigra e sazia. Calder era su una sedia di fronte a noi, e aveva occhi solo per la nostra compagna.

"La Regina Leah è incinta."

"Davvero?" chiese Violet sorridendo. "Sapevo che sarebbe successo presto. Amano quella ragazzina. Ha bisogno di un fratellino con cui correre, che le tiri i capelli."

"E tu, Violet? Sei stata una bravissima madre con me," disse Mindy.

Goran sedeva in una comoda sedia vicino a Calder, con Mindy ai suoi piedi, in mezzo alle sue ginocchia, il braccio avvolto attorno alla sua gamba, la guancia poggiata sulla coscia. Mindy indossava una veste rossa, ma gli anelli che portava ai capezzoli, i dischi e le catene erano ben visibili. Era una visione erotica, ma non aveva nessun effetto su di me. Io amavo i seni di Violet e volevo solo quelli. Non avevo bisogno di anelli o gioielli, di giocattoli erotici o di altri aiuti per darle piacere.

Il DNA faceva sì che fossero uguali solo esteriormente. Le loro personalità e i loro desideri erano diversissimi. A Violet piaceva la natura autoritaria di Zed e, in risposta, si era fatta più remissiva, ma non si sarebbe mai comportata come Mindy. E Mindy, anche se era verbalmente impetuosa, non avrebbe potuto gestire un compagno rilassato come me, o Calder. Non avrebbe potuto gestire tre compagni.

Ed era per quello che Mindy era stata abbinata a Goran qui su Trion e Violet sarebbe ritornata con noi su Viken nel giro di poche ore.

"Un giorno, mi piacerebbe avere dei figli," disse Violet. "Sono già abbastanza occupata con tre compagni. Adesso non mi serve un bambino."

Mindy le sorrise e guardò me, Zed e Calder. "Sì, lo vedo quanto ti piacciono le loro attenzioni. Vi siete *goduti* l'oasi?"

"Mindy," l'avvertì gentilmente Goran.

Guardò il suo compagno. "Cosa? Violet sembra piuttosto sbattuta. Anzi, sono convinta che sia già incinta."

"Non costringermi a sculacciarti di fronte a tua sorella e ai suoi compagni," l'avvertì Goran.

"Ho solamente detto la verità," rispose lei.

Guardai Violet per vedere le parole scortesi di sua sorella l'avessero turbata Era arrossiva, ma il lento movimento dei suoi occhi era un chiaro segno di leggero fastidio.

Anche Mindy sembrò accorgersene, sebbene non avesse nemmeno guardato sua sorella. "Violet, non ci provare. Riesco a *sentire* che stai alzando gli occhi al cielo."

Violet scoppiò a ridere, un suono che ruppe l'intensità del momento tra Mindy e il suo compagno. "Per me, le sculacciate non sono una punizione. Sono più..." Violet guardò Zed e qualcosa di oscuro e bisognoso passò dall'una all'altro. "Preliminari. Dovresti trovare qualcosa di meglio, Goran. Sculacciarla non fa che peggiorare le cose."

Ora toccò a Mindy ridere. "A volte, sorella cara, faresti meglio a stare zitta." Si girò per guardare Violet, e Goran le permise di muoversi, accarezzandole i capelli con un'espressione beata in volto. Stavamo vedendo tutti un lato delle nostre compagne che non avevamo mai visto prima d'ora. E la loro interazione era... affascinante. "Non dimenticartelo, anche io conosco *tutti* i tuoi segretucci. Devo parlare di un certo dolce al cioccolato? E di *dove* l'ho trovato?"

"Non lo faresti mai." Violet balzò in piedi, gli occhi che le scoppiavamo di orrore e di divertimento.

Mindy sollevò le sopracciglia per stuzzicare sua sorella, e io ora volevo sapere cosa mai le piacesse fare con i dolci al cioccolato.

"Sorella, mi farebbe enormemente piacere sapere di più su questa storia," disse Zed, gli occhi illuminati dalla stessa lussuria che ero certo brillasse anche nei miei.

"Mindy, no..." la implorò Violet. Arrossì. Se alla mia compagna piacevano i dolci, avrei trovato un modo molto creativo per fargli assaporare. Usare la lingua per assaporarla... dappertutto... mentre noi esploravamo questo strambo *desiderio*.

Ora *dovevo* scoprire i suoi segreti.

Goran tirò i capelli di Mindy con gentilezza e lei si voltò verso di lui. Erano così in armonia che bastava che Goran scuotesse a malapena il capo per farla sospirare. "Ti prego."

"No. Non è un segreto tuo."

"Ma –"

"Dal momento che le sculacciate non sono

un'opzione –" Il suo sguardo divertito si posò su Violet e poi sulla faccia della sua compagna con un'espressione di pura devozione. Un sentimento che ben conoscevo. "Vuoi che tiri fuori di nuovo le stimosfere, *gara*?"

Non avevo idea di cosa fosse una stimosfera, ma Mindy sgranò gli occhi e scosse il capo. "No, Padrone."

Goran le accarezzò i capelli con un gesto gentile. "Brava ragazza."

Violet si mise a sedere. "Forse dovremmo parlare prima che ce ne andiamo. Tra ragazze."

Mindy era tutta eccitata. "Ti prego, Maestro. Posso andare a parlare con lei in privato? Mi piacerebbe tanto passare un po' di tempo con lei, come facevamo in passato, senza i nostri quattro maschi autoritari."

Mi morsi il labbro per soffocare un sorriso. Mindy era una peste, e dal modo in cui l'angolo della bocca di Goran si sollevò, era chiaro che lui non voleva reprimerla troppo. L'amava per quello che era.

Le porse la mano per aiutarla ad alzarsi. "Ma certo, *gara*."

L'una di fianco all'altra, le due gemelle erano veramente identiche. Ma io avrei riconosciuto Violet in mezzo a mille. Lei era mia. Era stata marchiata dal mio seme, era mio l'amore che aveva incastonato nel cuore.

Le signore si presero sottobraccio e sorrisero… fino a quando non si accorsero che avrebbero passato questi momenti a dirsi addio.

Le lacrime di Violet mi dilaniarono. Guardai Zed e Calder. Entrambi annuirono e io mi schiarii la gola per richiamare l'attenzione di Violet prima che uscisse dalla stanza.

"Violet, amore mio, i tre re e la Regina Leah hanno un messaggio per te."

Violet si girò e trascinò la sua ridente sorella verso di noi. "Per me?"

"Sì, amore. Per te. Perché è a te che spetta decidere."

"Decidere cosa?"

Guardai un'ultima volta Calder. Era lui quello più attaccato al nostro pianeta natale. E fui contento di vederlo che annuiva, che i suoi occhi erano pieni di desiderio mentre guardava Violet. Zed non si era mosso, lo sguardo fisso sulla nostra compagna, non voleva perdersi nemmeno un momento di quello che sapeva stava per accadere.

"Ho parlato con l'Alto Consigliere Tark e con Re Drogan. Se lo desideri, i tuoi compagni verranno trasferiti al comando dell'Alto Consigliere, e vivremo tutti qui, su Trion, con tua sorella e il suo compagno."

"Cosa?" Violet impallidì, le ginocchia quasi le cedettero e Mindy faticò a farla restare in piedi.

"L'hai turbata." Zed si alzò e abbracciò Violet mentre Mindy faceva un passo indietro. Mindy era nervosa, insicura, si era portata le mani alla gola, era chiaramente turbata, almeno fino a quando Goran non le venne vicino. Bastò un tocco del suo compagno a farla calmare. A farla felice.

Non era altrettanto facile decifrare Violet.

Stava piangendo. Un pianto intenso che mi lacerava il cuore, un pianto che Zed non riusciva a frenare. Piangeva come se le avessero strappato il cuore dal petto, come se le nostre parole le avessero distrutto l'anima.

Calder le si inginocchiò davanti e io mi unii alla mia famiglia, abbracciando sia Violet che Zed, connettendoci, mentre Calder le abbracciava le cosce. La circondammo. La confortammo. Lei era nostra. "Violet, amore. No. Ti prego, no. Ce ne andremo subito. Ritorneremo su Viken, così come avevamo programmato. La scelta sta a te. Non dobbiamo restare qui. Ti prego, no. Mi stai spezzando il cuore."

Sporgendosi in avanti mi diedi un bacio sulla bocca. "No. Ti amo. Vi amo tutti, ma non voglio vivere su Viken. Voglio vivere qui, con Mindy, e con voi. Non voglio essere strappata via da lei. Voglio che i nostri bambini giochino insieme, che crescano assieme. Non riesco a crederci..."

Ricominciò a piange e Mindy fece altrettanto. Cominciò a saltare su e giù, tappandosi la bocca con le mani, le guance bagnate dalla lacrime. "Violet. Oh, mio Dio. Puoi restare?" Si girò verso Goran con uno sguardo incredulo. "Davvero può restare?"

Goran annuì. "Tark me lo ha detto qualche ora fa. Sì, loro sono dei guerrieri valorosi. Sono i benvenuti tra di noi. Tark non rifiuta mai dei guerrieri di cui si può fidare."

Violet mi baciò di nuovo. Poi baciò Zed. Si chinò e baciò Calder, e lui provò a tirarla a sé, a farla sedere sul pavimento di fianco a sé. Voleva perdersi nel suo sapore, nel suo tocco.

Lei si alzò e rise, si asciugò le lacrime e lo spinse via. Ci spinse tutti via. "Vi amo."

"Discuteremo i dettagli una volta da soli. E voglio sapere tutto di quel dolce al cioccolato." Il tono di Zed non ammetteva repliche ma, a giudicare dal sorriso sul volto di Violet, sapevamo tutti quello che lei avrebbe scelto.

Sorrisi vedendola che strappava Mindy dall'abbraccio

di Goran. Le due donne uscirono dalla stanza, dirette verso la loro conversazione privata, lasciandosi i *quattro maschi autoritari* alle spalle.

Le guardai uscire dalla stanza, e una sensazione di pace e di contentezza mi riempì il cuore.

La guardai mentre se ne andava, e mi chiesi se avessero parlato di quel *dolce al cioccolato*. Non mi preoccupava. Ci avrebbe detto la verità, a costo di sculacciarle quel suo bellissimo culo.

ISCRIVITI ALLA NEWSLETTER

Iscriviti alla mia mailing list per essere il primo a sapere di nuove uscite, libri gratuiti, prezzi speciali e altri omaggi di autori.

http://ksapublishers.com/s/bw

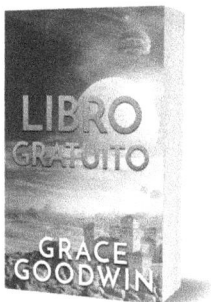

ALTRI LIBRI DI GRACE GOODWIN

Programma Spose Interstellari

Dominata dai suoi amanti

Il compagno prescelto

La compagna dei guerrieri

Rivendicata dai suoi amanti

Tra le braccia dei suoi amanti

Unita alla bestia

Domata dalla bestia

La compagna dei Viken

Il Figlio Segreto

Amata dalla bestia

L'amante dei Viken

Lottando per lei

L'amante dei ribelli

Programma Spose Interstellari: La Colonia

La schiava dei cyborg

La compagna dei cyborg

Sedotta dal Cyborg

La sua bestia cyborg

La febbre del cyborg

Il cyborg ribelle

ALSO BY GRACE GOODWIN

The Rebel and the Rogue

Interstellar Brides® Program: The Colony

Surrender to the Cyborgs

Mated to the Cyborgs

Cyborg Seduction

Her Cyborg Beast

Cyborg Fever

Rogue Cyborg

Cyborg's Secret Baby

Her Cyborg Warriors

The Colony Boxed Set 1

Interstellar Brides® Program: The Virgins

The Alien's Mate

His Virgin Mate

Claiming His Virgin

His Virgin Bride

His Virgin Princess

The Virgins - Complete Boxed Set

Interstellar Brides® Program: Ascension Saga

Ascension Saga, book 1

Ascension Saga, book 2

Ascension Saga, book 3

Trinity: Ascension Saga - Volume 1

Ascension Saga, book 4

Other Books

I LINK DI GRACE GOODWIN

Puoi seguire Grace Goodwin sul suo sito, sulla sua pagina Facebook, sul suo account Twitter, e sul suo profilo Goodread usando i seguenti link:

Web:

https://gracegoodwin.com

Facebook:

https://www.facebook.com/profile.php?id=100011365683986

Twitter:

https://twitter.com/luvgracegoodwin

Goodreads:

https://www.goodreads.com/author/show/
15037285.Grace_Goodwin

L'AUTORE

Grace Goodwin è un'autrice di successo negli Stati Uniti e a livello internazionale, di romanzi di fantascienza e paranormali. I titoli dell'autrice sono disponibili in tutto il mondo in più lingue nel formato e-book, cartaceo, audio e app di lettura. Due migliori amiche, una l'emisfero destro e l'altra quello sinistro, compongono il pluripremiato duo di scrittrici Grace Goodwin. Sono entrambe madri, appassionate di escape room, avide lettrici e intrepide bevitrici delle loro bevande preferite. (Potrebbe esserci o meno una guerra tra tè e caffè in corso durante le loro comunicazioni quotidiane.) Grace ama ricevere commenti dai lettori.

Lightning Source UK Ltd.
Milton Keynes UK
UKHW021118251021
392802UK00012B/993